마음이 요동칠 때,
기꺼이 나는 혼자가 된다

마음이 요동칠 때,
기꺼이 나는 혼자가 된다

김지호 지음

생각을 멈추고
몸을 움직여 알게 된
것들

몽스북
mons

차례

3 ❋ 일상을 돌보며

4 ❋ 나이테가 드러나도

마흔을 넘긴 나이에 좋아하는 게 생겼고 그걸 또 꾸준히 하게 됐다. 그 덕분에 책까지 쓸 수 있는 기회가 생겼으니 그것만으로도 감사한 일이다. 꽤 오랜 시간이 지난 터라 '닭이 먼저냐 달걀이 먼저냐'처럼, 요가를 좋아해서 꾸준히 한 건지, 꾸준히 하다 보니 이렇게 좋아진 건지 기억이 분명친 않다. 만약 뭔가 하나 잘 해보고 싶은데 좋아하는 걸 찾는 게 어렵다면 뭐든 그냥 꾸준히 해보라고 말하고 싶다. 꾸준함이야말로 변화를 이끄는 시작이니까. 내가 산증인이다.

'꾸준함'은 정말이지 나랑 안 어울리는 말이었다. 나는 뭐든 금방 시작하고 금방 질려 하는 사람이다. 그런데 요가만큼은 십 년 세월 동안 옆에 두고 꾸준히 한다. 심지어 점점 더 좋아지고 있다. 하루에 한 번 내가 좋아하는 것을 하며 살 수 있다니 이보다 더 좋을 순 없다. 이상한 말 같지만, 좋아하는 일에 잠깐이라도 몰두하다 보면 마음이 착해진다. 주변에도 더 관대해진다.

요가를 그저 취미 생활이나 일상 운동 정도로 생각하는 사람이 많지만, 나는 "요가는 그렇게 취급(?) 받기엔 아쉬운, 좀 특별한 행위"라고 말하고 싶다(요가를 향한 나의 각별한 애정 때문이겠지만……). 요가의 묘미는 어려운 자세를 완성해 내는 데 있는 게 아니라 삶 속에 깊고 단단하게 뿌리는 내리는 방법과 더 통하는 것 같다. 내가 머무는 공간을 깨끗이 하는 것, 가족을 위해 맛있는 식사를 준비하는 것, 무거운 짐을 끌고 가는 어르신을 도와드리는 것이나 공공질서를 잘 지키는 것. 거

창해 보인다고? 과장이 아니다. 사소한 일상을 잘 꾸리는 것부터 요가를 하는 삶이 시작된다고, 나는 믿는다.

나도 처음에는 단순히 동작을 잘 해내는 것에 집중했고 잘하고 싶어 욕심을 부리다 다치기도 했다. 그러다 수련을 꾸준히 하면서 요가가 마음을 다스리는 행위라는 걸 알게 되었다. 감정의 가벼운 바람에도 덜 흔들리게 된다는 걸 느끼게 되었고, 욕심이란 것이 얼마나 위험하고 가치 없는 것인지, 힘을 뺀다는 것이 얼마나 어렵고도 중요한 것인지 몸으로 익히게 되었다.

신형철이 쓴 『슬픔을 공부하는 슬픔』이라는 책에 이런 구절이 나온다.

"인간은 무엇에서건 배운다. 특히 무엇보다 자기 자신에게서 배운다. 그때 우리는 겨우 변한다. 자기 자신에게서 가장 결정적으로 배우고 실패와 오류와 과오로부터 가장 철저하게 배운다……"

내가 수련하며 마주했던 수많은 실패와 오류, 그걸 견디며 다시 일어서기까지. 좌절 속에서 결국 시선을 내 안으로 돌려 나에게 집중하는 힘을 갖게 되기까지. 처음부터 누군가가 '내 안의 나에게 집중하고 힘을 빼라.'라고 답을 알려줬어도 그때는 몰랐을 거다.

지금까지 온 그대로가 좋다. 요가와 함께한 무수히 많은 시간 속에서 얻은 교훈들과 추억, 변화를 가만히 지니고 있고 싶다. 그리고 좋은 건 나누고 함께 해야지! 사람이 어려워 늘 경계하던 내가 '요가 전도사'라는 별명을 달 정도로 이제는 주변에 요가를 권하고 다닌다. 의대생도 아니면서 해부학 책을 옆에 끼고 노안이 왔음에도 눈을 부릅뜨고 공부한다.

매트 위에서 몸으로 익힌 배움들은 부족하던 나의 자신감을 채워줬다. 쓸데없이 중요하게 여겼던, 헛된 것들을 내려놓을 수 있게 해줬다. 경직돼 있던 내가 부드럽고 편안한 관계를 맺을 수 있게 변화시켰다. 세상을 향하는 시선이 달라졌다. 그리고 내가 내 안에 머물 때, 스르르 사라지는 불쾌한 감정들을 알아채는 것만으로도 나의 삶은 분명히 달라지기 시작했다.

　우당탕탕 써 내려간 수련 일지 같은 이 글을 읽으신 분들이 요가에 관심이 생기고 '명상을 해볼까' 하고 마음이 움직인다면, 더불어 '내려놓는 기술'을 조금이나마 알게 된다면 이 책의 저자로서 더할 나위 없이 행복할 것이다.

2025년 예쁜 봄, 김지호

1

※
※

좋은 건 시작이 힘들지

※

어느 날 요가가 나에게로

그 시절 난 강남 엄마였다. 간간이 들어오는 드라마 대본이나 방송은 죄다 거절하고 사람들의 관심 속에서 사라지고 싶었던 10년 전. 방송인 김지호 대신 엄마로 살기를 선택했지만 아이는 점점 커갔고 그만큼 다시 내 시간이 늘어났다.

뭔가 집중할 게 필요했다. 그때도 운동을 꾸준히 했는데 운동을 마치고도 에너지는 넘치고 뭔가 부족한 아쉬움에 혼자 뭐라도 하고 싶단 생각이 머릿속을 맴돌았다. 주변에서 "넌 체대를 갔어야 했다."고 말할 정도로 운동을 좋아하고 꾸준히 했는데 혼자 좀 해보려고 하면 뭐부터 해야 할지, 어떻게 해야 할지 막막하기만 했다. 이상하네, 어떻게 운동 기구나 선생님이 없으면 아무것도 할 수가 없는 걸까?

집에서도 몸이 너무 무거운 것 같아 윗몸일으키기라도 해볼라치면 몇 개 하고는 이내 포기다. 아니, 아예 시작을 안 한다. 구령과 강제에 의한 운동에 익숙해지니 자기 몸도 원하는 대로 못 움직이는구나. 누군가가 강요하거나 틀에 넣으려 하면 튕겨 나가는 성격이라며, 늘 주체적으로 살고 싶다고 하던 나 아니던가.

운동의 주권을 찾아오려 궁리하다가 매트 하나만 있으면 어디서든 할 수 있는 요가를 해보기로 했다. 기구도 필요 없고 오로지 내 몸과 의지, 매트 이 세 가지만 있으면 충분할 것 같았다. 동네 가까운 곳에 요가원을 찾다가 '아쉬탕가 요가 Ashtanga Yoga*'를 하는 곳을 발견했다. 이효리가 해서 유명해진 요가. 호기심이 일었다. 오래 요가를 했다는 그녀의 선택을 믿어보자 싶었다. 이전에 두세 달 요가를 했던 적도 있어 기초는 알고 있으니 맨 뒷자리에 조용히 들어가 따라 하면 되겠지 생각했다.

그렇게 10년, 지금도 요가를 하고 있다. 주 5회 수련을 거의 빠짐없이 나가다 보니 맨 뒷줄에서 눈치 보며 따라 하던 초보 찌질이에서 순서도 외우고 용어도 제법 다 외우며 산스크리트어로 요가 자세를 뜻하는 아사나를 구현해 내는 맨 앞줄의 요기가 되었다.

요가를 콘텐츠로 인스타그램을 시작하니 다들 궁금해하며 물어왔다.

"개인 레슨 받았어요? 아니면 소그룹 레슨?"

"아니, 그냥 일반 단체 수업 받았어요."

* 아쉬탕가 요가Ashtanga Yoga는 인도의 요가 스승 스리 K. 파타비 조이스가 체계화한 역동적인 요가 스타일로, 호흡Ujjayi Pranayama, 밴다Bandha (에너지 잠금), 드리쉬티Drishti (시선 집중)와 함께 정해진 순서대로 아사나를 수행하는 것이 특징이다. 주로 힘과 유연성을 동시에 길러준다.

혼자 하고 싶어서 요가를 시작했으나 수업을 받다 보면 함께 수련하는 열기, 그 좋은 에너지 덕분에 더 열심히 수련할 수 있고 포기하지 않게 된다. 옆 사람의 땀 냄새가 고스란히 내 코로 스미는 시간들. 다닥다닥 붙어서 수련하는 열기 가득한 수업을 난 더 선호했고 그랬기에 더 즐겁고 에너지 넘치게 계속할 수 있었던 것 같다. 심지어 하면 할수록 더 깊게 알고 싶고 그 시간이 소중해진다. 아니 행복해진다.

"전생에 요가를 수련한 사람이 현생에서도 요가에 이끌리게 되며, 자신의 의지와 상관없이 자석이 이끌리듯 다가오게 된다." 『바가바드 기타』 6장 44절

동적이고 체계적인 아쉬탕가 요가를 만든 파타비 조

* 『바가바드 기타 Bhagavad Gita』: 『베다』, 『우파니샤드』와 더불어 힌두교 3대 경전. 힌두 철학과 영적 지혜를 담은 가장 중요한 문헌 중 하나로, 삶의 의미를 고민하는 사람들에게 강한 통찰을 준다. 수행 방법으로 요가의 여러 측면을 기술하고 있다.

이스가 자주 인용하던 글이기도 한데, 힌두 철학적 측면에서 접근해 보면 난 전생에 요가를 했던 요기였다. 때가 되고 인연이 되어 운명적으로 요가를 시작했다는 것이다. 음, 어느 정도 수긍이 가는 부분이 있지. 요가는 그렇게 나에게로 왔다.

※

모든 좋은 것은 시작이 힘들다

아쉬탕가 요가는 수련 방식이 엄격하며, 매일 수련하는 것을 중요하게 여긴다. 그래서인지 요가를 시작하고 수련이 습관이 되었다. 안 하면 뭔가 해야 할 일을 안한 듯 많이 불편해졌고 모든 스케줄의 우선순위에 요가를 두게 되었다. 약속을 잡기 전에도 요가 먼저, 일상도 마찬가지였다. "어떻게 그렇게 꾸준히 운동을 하냐?"는 친구들의 물음에 내 대답은 한결같다. "일단 무조건 시작해 봐, 해보면 알게 돼."

시간이 없어서

살을 빼고 시작하려고

더워서 나중에

추워서 나중에

이 일 끝내고

애 학교 보내고

하지 않을 수 있는 이유는 차고 넘친다. 매트를 펴기
까지가 어렵다.

그런데 일단 매트에 올라 요가를 시작하기만 하면,
괜히 했다고 후회하는 사람은 없다. 정말 몸이 찌뿌둥
한 날, 너무너무 하기 싫어 제칠까 싶다가도 마음속 깊
은 곳에서 울려오는 소리에 억지로 겨우겨우 시작하면
귀신같이 몸이 슬슬 펴지면서 컨디션이 좋아진다. "하
길 정말 잘했어. 안 했으면 어쩔 뻔했어?" 하며 안도한
다. 신발 끈을 묶고 현관 문턱을 넘어서기가 힘든 거지,
알고 보면 시작이 반이라며 운동을 망설이는 모두에게

우리 같이 뭐든 해보자고 말을 걸어본다.

반복된 훈련 속에서만 얻을 수 있는 모든 좋은 것은 힘들다. 그래서 이유 불문 무조건 '그냥 하는 거야'라고들 한다. 그런 수련의 반복 속에서 더 쉽게 내게 집중하게 되고 성숙해지는 것도 같다. 처음에는 열정이 안 생기더라도 꾸준히 반복하다 보면 뭔가 다른 감정과 열정이 시나브로 생겨난다는 걸, 이제는 안다.

그게 꼭 요가가 아니더라도 말이다.

나에게 집중하는 아쉬탕가

아쉬탕가 요가의 수련 방법은 개인적이다. 수련원에 도착하면 자리에 매트를 깔고 자신의 진도만큼 홀로 수련해 나간다. 매트 위의 수련자는 홀로 그 시간을 감당해야 한다. 호흡을 짧게 갖고 빠르게 하는 사람. 나처럼 호흡을 좀 길게 갖는 사람. 오늘은 빨리 가야 해서 타이트하게 속도를 내는 사람. 각양각색의 스타일로 수련을 해나간다. 진도의 차이가 있을 뿐 정해진 시퀀스는 365일 매일 똑같다. 몇 년을 같은 동작만 하니 누군가는 지겹지도 않냐고 하지만 단언컨대 단 하루도 똑

같았던 적이 없다. 그날의 컨디션에 따라서 매번 다르다. 그러나 분명한 것은 조금씩이지만 계속 발전하고 있다는 것.

매트 위에서 자신과 싸우듯 수련하는 옆 사람을 오래 보면 그 사람이 더 잘 보이기도 한다. 그러다 나 자신도 보게 된다. 난 생각보다 독했고, 생각보다 호흡이 길었고, 생각보다 유연한 부분들이 있었고, 생각보다 겁이 없었으며 나답지 않게 꾸준했다. 꾸준할 수 있었던 건 수련하면 할수록 몸이 달라지고 마음이 변했기 때문이다. 내 몸은 평생 늘 어딘가가 결리고 찌뿌둥하고 근력이 부족했는데 요가를 꾸준히 하다 보니 흔들리던 발목도 점점 힘을 받아 한 발 서기에서 버틸 수 있게 되고, 엎드려뻗쳐 자세와 비슷한 차투랑가 동작에서 업독, 다운독으로 넘어가는 변환 동작 때도 천근 같던 몸을 가볍게 들고 움직일 수 있게 되었다. 덜렁거리던 허벅지와 팔뚝의 근육이 단단해지고 얼굴에도 생기와 편안함이 퍼지기 시작했다.

불안정한 동작 속에 머물기 위해 코어의 힘이 중요했는데 그 힘도 점점 뿌리내리게 되고 비트는 힘도 좋아졌다. 비슷한 시기에 시작한 요가 동기들의 조금씩 달라져 가는 아사나 동작을 보며 동기 부여도 되고 때론 부러운 마음도 생기고, 서로 격려해 나가는 과정도 즐거웠다.

그러다 아쉬탕가 프라이머리 시리즈를 마치고 세컨드 시리즈를 시작하면서 익숙하고 편안했던 수련 시간이 또다시 두려움의 시간이 되었다. 등을 뒤로 젖히는 후굴을 많이 해본 적이 없었기에 비둘기 자세라고 불리는 카포타 아사나를 하기 위한 전 동작인 후굴 아사나가 시작되면 쿵쿵 심장 뛰는 소리가 들릴 정도로 긴장을 했다. 한두 번만 시도를 해도 뻗을 정도로 힘들었고 밤이 되면 등이 거북이 등껍질처럼 굳는 느낌과 뻐근함으로 인해 밤잠을 설치고 혼자 끙끙대야 했다. 요가를 시작하면 카포타 아사나 동작이 나오기 한참 전부터 내 몸은 먼저 기억을 하고 그 두려움에 사로잡혔다. 그러다 보니 다른 동작까지 어려워졌다.

지나고 보니 이것도 과정이었다. 사람은 편안한 환경보다 어려움에 처했을 때 몸도 머리도 기지를 발휘한다지 않던가. 부딪치고 넘어지며 집중력이 커졌고, 드디어 고비를 넘어섰을 때 난 예전보다 훨씬 유연한 사람이 되어 있었다. 두려움이 아니라 호기심과 자신감으로 움직이는 삶은 완전히 다르다는 걸 이 과정을 통해 알게 된다.

요가는 이런 깨달음을 구석구석 자상하게 수련 안에 녹여 놓은 것 같다. 한 번씩 큰 고비들을 만들어놓고 기어이 넘게 되었을 때 생기는 자신감과 해냈다는 뿌듯함으로 몸도 함께 훌쩍 성장을 한다. 그런 어려움과 고비를 거쳐야 다음 동작으로 넘어가니 도망치지도 못하고 딱 마주해야 한다. 때론 아무리 해도 안 되는 답답함에 눈물도 찔끔거리고 옆 사람이 나보다 더 빨리 아사나를 완성할 땐 유치하게도 속이 쓰리다. 나도 진짜 노력하고 있는데 왜 안 되는 건가 억울하고 화도 난다. 화낸다고 아사나가 되는 것도 아니니 또 부딪치고 실패하고 넘어진다. 그러다가 조금씩 나아가고 있다는 느낌이 오면 폭풍우 치던 감정은 사라지고 행복과 뿌듯함으로 가득 찬다. 이게 몇 번 반복되면 겸손한 자세로 나의 몸에 더 집중하며 수련하게 된다. 그러다 힘을 빼면, 그래서 호흡이 편안해지면 몸이 더 부드러워지고 이전의 시간 동안 길러진 힘이 보태어져 점점 원하는 아사나에 근접하게 된다.

　어느 순간 이 과정들이 미치게 좋아졌다. 예전의 나는 매사 안 될 것 같으면, 잘하지 못할 것 같으면 남들을 의식해서 시도조차 안 하려 도망 다니던 사람이었는데 요가를 하면서는 도망칠 수 없이 마주해야 했다. 누구나 처음이 있고 못하는 건 당연하다는 당연한 사실을 이렇게 뒤늦게 깨달았다.

　이런 일들이 반복되면서 나는 변하고 있었다. 삶을 대하는 자세가 달라지고 있었다. 나에게 닥친 상황들을 편하게 받아들일 수 있게 되었고 자신감이 생겼다. 두 시간 정도 초고도의 집중과 높은 강도의 수련을 마치고 나면 일상에서 끌고 다니던 골치 아픈 생각 보따리가 조막만 하게 작아진다. 걱정해 봐야 쓸데없는 일들은 그냥 내려놓고 신경을 안 쓰는 기술이 생겼달까. 좋아하는 요가에 집중하니 좋은 에너지도 생기고 활기가 넘쳤다.

　정답은 없겠지만 요가를 하며 내 몸을 연구하는 재미도 남다르다. 신나는 건 아직도 먼 길이 한참 남아 있다는 거다. 시간이 흐르면 안 될 것 같던 멀고도 먼 아사나들도 어느 순간엔 내게 와 있겠지?

※

시체처럼 고요하게, 사바아사나

요가 수업이 끝난 풍경은 어디나 비슷하다. 사바아사나 중이다. '사바sava'는 시체란 뜻이다. 생명이 떠난 후 고요하고 움직임이 없는 자세. 몸을 눕히고 온몸에서 힘을 뺀, 의식적으로 아무것도 안 하는 휴식 자세라서 제일 쉬울 것 같지만 아헹가Iyengar* 선생님은 아사나 중

* 1918년 인도에서 태어나 17세부터 요가를 가르치기 시작했다. 혁신적이고 엄격한 스승으로 70년 넘게 요가를 가르쳤고, 40여 개국에 걸쳐 180여 개의 아헹가 요가·연구소Ramaamani Iyengar Yoga Memorial Institute를 두었다.
하타 요가계를 이끄는 세계적으로 명망 높은 요가 스승이었던 아헹가 선생은 스트레스성 질환을 포함한 많은 질병의 치료와 요가 사이의 상호 관련성을 규명하였다.

에서도 가장 어려운 자세라 하셨다.

　오랜 시간 요가를 하고서야 나도 사바아사나의 중요
성을 깨달았다. 요가를 시작하고 처음엔 잠시 숨만 고
르고는 늘 조용히 먼저 일어났다. 사람들과 마주치지
않으려고 서둘러 매트를 말고 살금살금 기어 나왔다.

　요가를 끝내면 사람들은 다들 어딘가로 가기 바쁘다.
땀을 씻으러 샤워실로 가거나 약속 시간이 빠듯해 서
둘러 나가거나 휴대폰 메시지를 챙기느라 분주하다.
운동도 끝났으니 무얼 먹을까 하는 생각도 빠질 수 없
다. 잠시도 생각의 끈을 놓지 못한다. 그런데 생각해 보
면 생각은 대부분 영양가가 별로 없는 것들이다. 지금
에 충실히 머물지 못하고 앞날을 걱정하거나 지나간
과거를 떠올리며 후회한다. 지금이라는 순간에 머문다
는 건 참으로 어려운 일. 실체도 없는 것에 시간이라는
이름을 붙여놓고 우린 그 안에서 늘 끙끙거리기 일
쑤다.

우리는 수많은 역할을 맡아 긴장하고 지낸다. 엄마, 딸, 친구, 회사 동료, 나는 연예인 김지호까지. 다양한 정체성과 생각, 편견, 기억 등 수많은 겹이 나를 실처럼 칭칭 감고 있다. 그게 긴장이라는 이름으로 몸에 영향을 끼친다. 우리를 망가뜨리는 불안과 긴장.

사바아사나는 뱀이 허물을 벗듯 나를 옭아맨 이 겹들을 벗어버리고 땅에 최대한 내 몸을 붙여 쉬는 것이라고 한다. 그런 의미로도 사바아사나는 제일 중요하고 어려운 아사나라고 할 수 있다.

이 겹들을 단번에 내려놓는다는 건 사실 너무 어려운 주문이다. 최대한 몸에 힘을 빼고 생각에도 힘을 뺀다. 수련하는 동안 달려온 숨찬 에너지가 내 몸에 흐르는 에너지에 집중해 본다. 때로는 잠이 들 수도 있다. 그래도 좋다. 천천히 느끼고 알아가면 된다. 의학적으로는 운동한 시간만큼 꼭 쉬어줘야 한다고 한다. 그래서인지 사바아사나를 충분히 해준 날은 몸에 피로가 덜하다. 수련이 거듭될수록 맨 앞줄의 숙련자분들이 왜 그렇게 느긋하게 오래 누워 있었는지 점점 알게 될 수밖에 없었다. 몸이 가르쳐주기 때문이다. 그렇게 알게 된 어느 순간부터 나에게도 사바아사나가 굉장히 중요한 아사나가 되었다. 수련 내내 힘차게 달려왔기에 훨씬 더 잘 이완할 수 있다.

몸이 완전히 확 이완되는 그때, 복식 호흡을 제대로 할 수 있다. "복식 호흡 어떻게 해요?" 물어보면 "사바아사나 할 때처럼 하시면 돼요."라고 말한다. 숨이 찰 만큼 몸을 움직이다가 탁 누워서 숨을 고를 때 내가 호흡하는 방식을 느껴보면 된다.

긴장됐던 근육이 편해지는 그 시간. 코를 골며 잠시 잠에 빠지는 사람들도 있을 만큼 편안한 시간. 사바아사나는 복식 호흡을 하며 자연스레 명상으로 가기 좋은 타이밍이다. 요즘은 혼자 수련할 때 사바아사나 시간에 헤르츠 음악을 틀어놓기도 하고, 싱잉볼 소리도 틀어두면서 생각을 지우려고 노력을 많이 한다. 몸도 생각도 완전하게 릴랙스 할 수 있는 상태. 묘하게도 사바아사나 자세로 한 10분에서 15분 정도 있으면 수축됐던 몸이 갑자기 쫙 풀어지는 타이밍이 온다. 사람마다 차이가 있지만 나는 시간을 제법 둬야 느낄 수 있다. 그 15분, 20분을 제대로 누워 있지 않고 일어나서 바쁘다고 뛰어나간 날은 은근한 피로감이 덮쳐온다.

사람은 막 달린 만큼, 바쁘거나 스트레스를 받은 만큼 제대로 된 정중한 휴식을 내 몸에 꼭 줘야 하는구나, 이게 굉장히 필요한 거구나. 이런 마음을 누워서도 배운다.

※

뻣뻣한 날엔 준비 운동

요가를 막 시작하던 무렵, 여전히 내 몸은 늘 뻣뻣하기만 했다. 몸이 좀 풀어져야 동작도 부드럽게 할 수 있을 텐데 하도 안 풀어지니 답답해서 선생님께 물어봤다. "어떻게 하면 몸이 더 빨리 잘 풀리나요?"

다들 한 번쯤은 그런 고민을 하는 것 같다며 선생님도 초창기에는 더 부드러운 몸 상태를 만들려고 이런저런 노력을 했다고 한다. 뜨거운 물에 샤워를 하고, 피부 이완에 도움이 될까 오일도 듬뿍 바르고. 물론 도움이 되긴 하겠지만 매번 그런 준비 후 요가를 한다면 얼마나 번거롭겠는가. 그러면서 몸을 푸는 데 시간이 좀 걸리는 사람들에게는 작은 준비 운동이 의외로 효과가 있다고 알려주셨다. 미리 와서 고관절도 좀 풀고 사이드 스트레칭도 좀 하고 자기 스타일에 맞게 스트레칭을 하면 된다고 하셨다.

맞다. 어느 날은 시작부터 몸이 유연하고 말랑한데, 또 어느 날은 끝날 때까지 뻣뻣하고 안 늘어나 동작이 안 되고 통증과 불편함만 가득하기도 하다. 10년 가까이 꾸준히 해도 그렇다. '오늘은 몸이 뻣뻣하고 잠겨 있네?' 하는 느낌이 들면 그런 몸 상태에 귀 기울이고 거기에 맞게 수련을 한다. 그러면 부상도 방지하고 몸도 상쾌하고 가벼워진다. 더 뻣뻣한 날엔 애써 다 해내려고 욕심부리지 않으려 한다. 몸이 좀 잘 풀린 것 같다고 무리하지도 않는다. 그날의 몸과 흐름에 맞게 수련을 조절하고 맘을 다스리는 것도 요가를 하며 배워가는 인생 공부 중 하나다.

✳ 의심을 버리고, 거꾸로 서기

요가를 정말 재미있어하게 된 건 물구나무서기에 성공하고 나서였다. 어떤 운동이든 확 빠져들게 되는 포인트가 있는데, 나에겐 그게 물구나무서기였다. 아마도 많은 요가인이 그렇지 않을까 싶을 정도로 이 자세는 요가의 상징적인 자세이기도 하다.

아쉬탕가를 시작하기 전, 친한 사람들에게 "나 요가를 하고 싶어." 하고 소문을 내고 다니다 소개받은 분이 사라 선생님이다. 선생님의 스튜디오가 우리 집과 거리가 좀 있어서 고민을 하다가 그래도 생판 모르는 데서 눈치 보며 시작하는 것보다는 잘한다고 소개받은 분께 가는 게 낫겠다 싶어서 일단 찾아갔다. 첫눈에 선생님의 좋은 에너지가 느껴졌다. 모든 것이 그렇듯이 운동도 자기한테 맞는 게 있고 또 선생님과의 궁합도 있는데, 여러모로 잘 맞았던 것 같다.

뭔가를 결정하거나 시작하기 전에 내 마음에 진지하게 물어보는 습관이 있다. 그래도 안 되면 글로 적어본다. 속으로 생각하는 것보다 글로 쓰는 게 생각 정리가 더 잘되고 내 진짜 속마음에 가까워지는 느낌이다. 원래 많이 덤벙대고 직관으로 밀어붙이는 성격이어서 일단 저지르기 전에 브레이크를 거는 방법으로 활용하기도 좋다. 나와 내 마음 사이의 거리를 가늠하면서 살짝 더 냉정해지고 싶은 마음이랄까. 물음을 던질 때마다 마음속의 나는 '넌 이걸 해야 할 때인 것 같아. 이게 너에게 굉장히 필요할 거야.'라거나 '지금 그건 좀 아니지 않니?' 같은 사인을 줬다. 물론 마음의 말을 무시할 때도 있고, 직관만 믿고 가기도 한다. 요가 선생님을 만나던 타이밍에는 운이 좋게도 마음의 말을 잘 듣고 시작을 했다.

내가 요가와 급격히 사랑에 빠지게 만들어준 자세, 물구나무서기를 설명하는 건 매우 간단하다. 바닥에 머리를 대고 팔꿈치를 굽혀 손깍지를 끼고 삼각형을 만든다. 깍지 낀 손바닥에 뒤통수를 대고 정수리를 바닥에 둔 채 엉덩이를 높게 들어 천천히 걸어 들어오다 보면 발끝이 땅에서 살짝 들린다. 선생님의 구령에 혹여나 의심을 가지면 안 된다. "걸어 들어가요! 더 걸어 들어가요! 더! 더!" 그 말대로 하니까 발이 붕 떴다. "다리가 붕 뜨면 그냥 올리세요." 그래서 붕 올렸더니 올라갔다. 말대로 하니 되다니, 정말 신기했다.

그래서 누구나 이 동작을 나처럼 그렇게 다 할 수 있는 건 줄 알았다. 집에서 남편에게 요가를 가르쳐 줄 때 선생님이 내게 했던 것처럼 걸어가라고, 더 걸어 들어 가라고 구령을 했다.

"더 걸어 들어가."
"못 걸어 들어가."
"아니 등을 펴라고."
"등도 안 펴져."

남편은 무척 억울해했다. 그래, 그렇구나. 다 그렇게 되는 건 아니구나. 그럴 수도 있지. 모두가 똑같지는 않 다는 걸 받아들인 뒤에 물구나무서기에 대한 나의 각 별한 사랑은 더 뜨거워졌다. 이제는 잠이 안 와도, 생각 이 무거워져도 물구나무를 서는 버릇이 생겼다. 특히 온몸이 너무 피곤한데 잠이 안 올 때면 마음의 소리가 들린다.
'지호야, 물구나무서기를 해보자. 분명히 잠이 올 거야.'

못해도 3분 정도 물구나무를 서고 딱 내려오면 머릿속에서 동동동동 울리던 게 털썩 가라앉는다. 매일 나를 땅속으로 잡아당기는 중력을 거슬러 먼지 묻은 생각들과 정체된 흐름을 탈탈 털어낼 수 있다.

내 몸과 잘 지내는 법

같은 동작의 수련을 반복하는 아쉬탕가는 동작의 완성도가 까다롭다. 그 덕분에 기본을 엄청 탄탄하게 배우기도 했다. 몸을 앞으로 숙이는 전굴 동작에서 몸을 숙여서 무릎 뒤 오금을 쭉 펴고 가슴을 정강이에 붙이기까지 1년이 넘게 걸렸다. 마음만은 당장이라도 찰싹 붙이고 싶었지만 선생님이 말렸다. 등을 쭉 펴지 않고 둥글게 숙여서 내려가 닿는 건 아무 의미가 없다는 거였다.

원래 허리 디스크가 있던 난 똑바로 섰을 때 척추뼈

가 자연스러운 곡선을 유지하는 요추 전만이 안 되는 골반 후반 경사다. 엉덩이는 밋밋해지고 아랫배를 툭 내미는 자세다. 원래 꼬리뼈 위쪽이 툭 튀어나와 있었는데 아쉬탕가를 하면서 그렇게 1년 반을 계속 밀고 버티고, 밀고 버티고 하면서 내려가니까 변화가 생겼다. 꼬리뼈와 허리 사이에 두둑하게 올라 있던 살이 없어지면서 등이 펴지기 시작한 것이다. 지난 몇십 년 동안의 나 자신을 이긴 것 같아 뿌듯함이 차올랐다. 똑바로 서기, 똑바로 앉기, 똑바로 걷기가 그렇게 어려운 것이었다. 그중 앉기가 많이 힘들었는데 지금도 다리를 꼬지 않으려고 무척 애를 쓰곤 한다.

어떤 운동이건 하면서 좋다고 느끼는 건 엇비슷하다. 하루하루 나와의 약속을 지키면서 땀 흘리고 집중해서 무언가를 해내는 데에 있을 것이다. 정직하기 그지없는 몸은, 매일의 반복을 통해 건강해지고 실력은 늘고 체력도 붙는다. 내 에너지가 리프레시되면서 주변 사

람들에게 여유롭고 친절하게 대할 수 있는 멋진 선순
환이 따라온다.

　요가는 여기에 더해 고요하게 자신과 대면할 수 있는
시간을 더 많이 가져다준다는 장점이 있다. 사실 내가
내 몸을 어떻게 쓰고 있는지, 어디가 불편한지는 아무
리 용한 전문가라도 남이 알려주기는 어렵다. 자기가
느끼는 걸 누군가 100% 정확하게 알아채기는 힘들다.
운동하는 동안 나를 잘 관찰해서 나름대로 내 몸과 잘
지내는 법을 터득해야 한다. 말은 쉽지만, 나 역시 멈춰
야 하는 때에 딱 그만둬야 하는데 욕심이 과한 날엔 늘
기를 쓰고 이기려고 '한 번 더'를 외치며 몸에 무리를 주
기도 한다. 밀당의 고수가 되어야 하는데…… 진정 연
애처럼, 사랑만큼 힘들다.

※

내 안으로 깊숙이 들어가기, 하타

사람과의 단절. 코로나19가 나를 하타 요가^{Hatha Yoga}*로
이끌었다. 우연한 기회에 친한 선생님이 하타 온라인
수업을 권했다. 아쉬탕가를 6년 가까이 매일 수련했던
터라 요가에 대한 자신감도 붙은 때였다. 몸을 앞으로
굽히는 전굴이 많은 아쉬탕가에 비해 뒤로 젖히는 후

---

* 하타 요가^{Hatha Yoga}는 신체적 수련(아사나)과 호흡 조절(프라나야
마)을 통해 몸과 마음의 균형을 이루는 요가의 한 형태로, 현대 요가의
기초가 된다. '하^{Ha}(태양)'와 '타^{Tha}(달)'의 조화를 의미하며, 비교적 정
적인 동작과 명상을 포함해 유연성과 내면의 집중력을 기르는 데 초점
을 둔다.

굴이 많은 하타를 했을 때 "와, 이렇게 안 된다고?" 하는 자각과 더불어 도전 의식이 생겼다. 아쉬탕가보다 힘은 덜 드는데 몸은 더 잘 풀리는 것 같았고, 하면 할수록 나에게 잘 맞는 것 같았다.

그동안 사람들을 만날 때마다 "아쉬탕가를 해야 한다!"고 열변을 토하다가 하타를 경험하고 나서는 홀랑 또 하타의 매력에 넘어가 버렸다. 금세 하타 전파자로 나서게 되다니.

하타를 시작하고 유튜브의 알고리즘 덕분에 '려경요가' 선생님을 알게 되었다. 모든 프로그램을 다 따라 해보고 새로 올라올 수업을 손꼽아 기다릴 정도로 좋았다. 일단 구령하는 목소리가 귀에 잘 맞고 편안했다. 듣는 것만으로도 그다음 동작에 대한 세세한 설명대로 잘 따라 할 수 있었다. 집 근처에 요가를 할 수 있는 곳이 없어서 유튜브로 온라인 강의만 듣다가 그녀의 직강이 듣고 싶어 인천으로 요가를 하러 찾아갈 정도였다.

하타는 눈을 감고 하는 동작이 많다. 그래서 시선을 더 내 안으로 깊숙이 들일 수 있고 내 움직임에 집중하기가 훨씬 더 쉽다. 그리고 부동으로 머무르는 시간이 길어서 몸을 천천히 조작하며 마주하기가 좋다. 그러면서 올라오는 감정을 살피며 내 마음을 들여다볼 수 있다.

'그만둘까?'
'이제 된 거 아니야? 내려갈까?'
'옆 사람이 한다고 나도 이렇게까지 해야 돼?'

마라토너에게 러너 하이가 오는 것처럼, 오만 가지 생각이 들다가 어느 순간 경계가 지나고 나면 그냥 버텨진다. 그러면서 몸을 어떻게 쓰고 있는지 생각하기 시작하고 편안해지면서 자연스럽게 호흡을 하게 된다. 이 모든 것이 너무 좋았다.

한 동작에서 머무는 시간이 긴 것이 나에게는 잘 맞았던 것 같다. 동작에서 동작으로 이어질 때 어떻게 힘을 써야 할지 생각할 시간이 있는 게 좋았다. 하타를 할수록 코어 힘이 좋아지고 골반이 열리고, 근육이 부드러워졌다. '나 이제 좀 하게 되는구나.' 그런 교만의 순간에 부상이 찾아왔다.

욕심을 낸 거다. 좀 더 잘해 보겠다고 욕심을 냈는데 내 몸은 준비가 안 돼 있었고 그래서 다치고 말았다. 요즘은 해부학 책을 들춰보며 그때 왜 그렇게 부상이 반복됐는지 명확한 이유를 찾고 있다. 아무래도 하타의 신이 나에게 더 오래 건강하게 요가를 즐기라고 부상을 선물한 것도 같다.

부상이 심했던지라 요가는 못 하더라도 뭔가 운동은 하고 싶어 마냥 걷고 있다. 어딜 가든 걸어 다닌다. 밥 먹고 한강 다리 세 개 정도는 거뜬히 정복하고, 청담동에서 약속이 있어도 이촌동에서 걸어갈 정도다. 1시간

20분 전에 나가면 여유 있게 약속 시간에 도착할 수 있다. 걷다가 다리가 아프면 뛰기도 하는데 의사 선생님한테 운동 중독이니 조심하라는 주의를 받았다. 그래도 걷는다. 운동하고 몸을 움직여야 정신이 좀 맑아지고 기분이 좋아지는 걸 알기에 최대한 무리가 가지 않는 선에서 몸을 움직이려고 노력 중이다.

나에게 귀 기울이는 30분 '부동'

하타 요가의 묘미는 '부동'에도 있다. 오랜 시간 한 동작에 머무르면서 천천히 몸을 조작하고 맞춰본다. 눈을 감고 시선을 내 몸 안으로 온전히 돌리고 감각들을 깨운다. 굉장한 집중이 필요하다. 어디에 힘을 주는지, 어디에 통증이 느껴지는지, 불필요한 힘에 몸이 쓸데없이 경직되어 있지는 않은지……. 섬세하게 몸의 근육과 자세를 조작하다 보면 어느 순간 편안하게 동작 안에서 머물게 된다. 조금씩 조작을 계속하고 있지만 눈을 감고 움직이지 않는다는 게 생각보다 쉽지 않다. 가만히 버티는 게 힘들고 고통스럽기도 하다. 그러다 고통스러운 어느 단계가 지나가면 고요해진다. 외부로 향해 있던 시선을 내 몸으로 돌리고 그 상태에서 올라오는 다양한 감정을 오롯이 마주해 보는 것이다.

아프다. 힘들다. 고통스럽다. 그만하고 싶다. 아니 왜 이렇게까지 참아야 하지? 별의별 생각이 다 든다. 포기하지 않고 계속 반속하면 체감 시간이 달라진다. 점차 감정의 강도가 줄어들고 몸도 편한 상태가 되면서 들끓는 감정에서 고요한 상태로 머물게 된다. 시작하고 5분쯤부터 몸이 뒤틀릴 정도로 힘들던 게 10분, 20분, 30분, 40분으로 시간이 점차 늘어나고 힘이 길러진다. 몸을 움직이지 않는데 역설적으로 유연성도 좋아진다. 엄청난 집중 속 몰입. 이게 곧 명상이다. 고요하게 그 동작 안에 머물게 된다.

코브라 자세라고도 부르는 부장가 아사나 동작을 취한 채 움직이지 않고 30분도 버틴다는 얘기를 들었을 때 살짝 놀랐다. 30분 부동? 그냥 누워 있는 것도 힘든데 팔, 복부, 기립근, 엉덩이, 대퇴사두, 발등 누르기 등등 다양한 부위를 조작하며 30분? 이게 가능하다고? 숙련자들이 이 수련을 좋아하고 이 자세만 1시간 하고 수련을 끝내기도 한다는 얘기까지 들으니 몹시 궁금해졌다. 뭘까 그 느낌은? 그 기분을 느껴보고 싶었다.

려경 선생님의 유튜브 동영상에 '10분 부장가 부동'이 있기에 조용히 따라 해봤다. 이리저리 풀고 세우고 비틀고 하니 할 만했다. 다음 수업 때 선생님을 만나 "생각보다 할 만하더라." 자랑했더니 '부장가 30분 부동 편'을 유튜브에 더 올려주셨다.

집에 돌아와 요가방에서 혼자 수련을 시작하며 천천히 호흡하고 구령에 맞춰 여기저기 늘리고 뻗고 누르고 젖히며 부장가 아사나 후굴 동작에 접근해 갔다. 흐름을 느껴보려 애써 집중하고 찾는 사이 어느새 30분이 훌쩍 지나버렸다. 내가 흉추도 요추도 다 부드럽지 않기에 자세도 잘 안 나오고 힘들었지만 반복을 통해서 등을 뒤로 젖히는 후굴에 조금씩 도전하게 되었다. 한 달가량 매일 수련하다 보니 부동 속 나의 감정과 나라는 사람의 성향과 기질을 많이 알아채게 되었다. 그동안 화석처럼 감춰져 있던 나의 좋은 면들까지도.

사람들은 어떻게 그렇게 오랜 시간을 부동자세로 버틸 수 있느냐고 하지만 이제 난 고요 속 가만히 머무는 그 시간을 상당히 좋아한다. 산만하고 집중력도 지구력도 없는 내가 이상하리만치 요가를 할 때만은 다른 모드로 변한다. 어쩌면 이게 요가를 사랑하게 된 이유일 수 있겠다. 나를 차분하게 해주고 인내하게 해주는 요가. 생각하고 움직이고 느끼는 감정들은 모두 다 내 것이고 남이 대신해 줄 수 없다는 것, '내'가 중심이라는 걸 깨닫게 해주는 요가. 그리고 내 안의 진짜 나에게 귀를 기울이는 것이 가장 중요하다는 걸 점점 깨닫게 해준다.

다른 사람의 강요로 또는 남 보기에 괜찮다는 이유로

무언가를 할 때는 불평이 생기고 쉽게 지치게 된다. 하지만 내 안에서 생긴 열정, 목표를 갖고 할 때는 고통도 괴로움도 기꺼이 참을 수 있다. 밖을 향한 시선을 내 안으로 가지고 오는 훈련. 조금씩 달라지고 힘이 생기고 건강해지는 변화 속에 단단해진다.

지치지 않고 꾸준하게 15분

아쉬탕가 요가는.스리 K. 파타비 조이스^{Sri K. Pattabhi} Jois(1915~2009)가 창시한 역동적인 스타일의 요가이다. 현재는 그의 외손자 샤랏 조이스^{Sharath Jois}가 명맥을 이어가고 있다. 유튜브 앱을 클릭하기만 하면 샤랏 조이스의 아쉬탕가 수련을 수준별로 배울 수 있는데 남편은 바로 이 유튜브 채널을 통해 샤랏 조이스를 스승으로 모시고 요가에 입문했다. 같이 하자고 그렇게 꼬실 때는 꿈쩍도 안 하더니……. 그동안 집에서 매트를 펴놓고 실패에 실패를 거듭하던 내가 어느덧 아사나를 해내고 버티는 걸 보고 좀 감동받았나 보다.

처음에는 짧게 접근했다. 15분 코스. 그래야 부담 없이 할 수 있다. 그런데 이 15분을 하는 것도 남편은 엄청 힘들어하는 거 아닌가. 나름 매일 운동하면서 체력 단련을 하는 편이었는데도 남편은 땀을 뻘뻘 흘렸다. "아이고, 어쩐지 아쉬탕가가 팔팔한 10대 소년들을 위해 만든 요가라더니" 하는 내 혼잣말을 들었나? 남편은 이를 악물고 불굴의 의지로 하루도 빼놓지 않고 수련을 이어 나갔다. 나보다는 훨씬 몸이 뻣뻣하니까 적응하는 과정이 아무래도 훨씬 더 길었지만 15분부터 시작해서 30분, 45분 이렇게 늘려가며 365일 매일매일 도전했다. 뭐 하나 시작하면 진짜 열심히 하는 스타일이기도 했지만 그 꾸준함에 나도 에너지를 듬뿍 나눠 받아 열심히 함께 할 수 있었다.

샤랏 조이스의 아쉬탕가 수업은 영어로 진행되긴 하

지만 쉽게 따라 할 수 있어서 요가원에 갈 시간이 없는 사람들에게 추천하고 싶다. 매일 수업 때마다 '내려가' '위로' '손들어' '다시 내려가' '다리 뒤로 보내' '다리 갖고 와' 뭐 이런 내용의 반복이고 '업독' '다운독' '인헬' '엑셀' 등을 반복해서 듣다 보면 어느 순간 다 들리고 따라 할 수 있게 된다.

그러니까 아쉬탕가 요가는 이 반복이라는 게 엄청 중요한데 남편은 그걸 잘한 것 같다. 15분짜리를 너무 오랫동안 하기에 30분으로 늘려보라고 권했지만 본인이 준비가 안 됐다고 한참 동안 15분 수련을 고집했다. 지치지 않게, 하지만 충분하게, 무리하지 않고 자기 페이스대로. 부부 사이에 뭘 가르쳐주고 하는 게 어려워서 최대한 간섭을 안 (하려고 피나게 노력) 했던 것도 주효했던 것 같다.

남편을 포함하여 이 세상에 샤랏 조이스의 수제자가 더 많이 늘기를!

차분하게 몰입하는 '비요일'의 수련

외국, 특히 유럽에 가서 마음 편하다고 느낄 때는 비가 올 때다. 외국 사람들은 비가 와도 급하게 피하지 않는다. 웬만한 비에는 우산을 쓰지 않고 즐기며 걷는 경우가 많다. 나는 비도, 비 맞는 것도 좋아한다. 어릴 때는 친구들과 놀다가도 비만 오면 거리로 나가 비를 맞았다. 내리는 비를 우산 없이 맞는 게 좋았다. 속눈썹 위에 물방울이 살짝 맺힐 만큼 내리는 보슬비도 좋고, 순식간에 팬티까지 푹 젖도록 내리는 폭우도 좋다. 그 좋은 비를 나만 맞기 아까워서 같이 가는 친구들의 우산을 막 뺏으면서 너도 비 좀 맞아보라고 권하다가 욕깨나 먹었다. 막 쏟아지는 비를 흠뻑 맞을 때 굉장히 자유로워지는 그 느낌을 뭐라고 표현하면 될까? 나를 통제하고 가둬놓은 것에서 해방되는 느낌. 그리고 빗방울이 몸에 투둑투둑 떨어질 때의 시원함. 시원해서 시원한 게 아니라 그냥 빗물 속에 자유롭게 풀어지면서 속까지 후련해진다.

운동을 하겠다 결심하고 실천하기 전, 가장 큰 방해물은 집에 누워 있고 싶은 나 자신, 그다음은 아마 날씨일 거다. 눈이 와도 비가 와도, 너무 덥거나 추워도 운동하러 가는 길은 망설여진다. 그중에 가장 만만치 않은 날이 비 오는 날이다. 비가 많이 온 날은 요가원에 들어가기 전부터 몸이 이미 푹 젖어 있기 일쑤다. 그리고 요가원에 딱 들어가는 순간 여기가 정글 숲인가 싶어진다. 축축한 공기를 싫어하는 사람이라면 다시 발길을 돌려 나가고 싶을지도 모른다. 요가원에서는 비 오는 여름에 에어컨을 켜지 않기 때문이다. 요가 수련하느라 땀이 났다가 에어컨 바람을 맞으면 몸이 오싹해지는데 이때 근육을 긴장시킬 수 있어서 제습기 정도만 틀어둔다.

그러다 보니 매트 위에 올라서면 운동도 하기 전에 땀이 흥건해 매트에 발바닥 자국이 막 찍힌다. 이 발자국과 인사하는 날엔 시작하기 전부터 몸이 이완되어 다른 날보다 몸이 잘 풀린다. 원래 한 시간은 풀어야 몸이 좀 말랑말랑해지고 관절이 편하게 돌아가는 편인데, 이런 날에는 수련 초반부터 거의 모든 동작이 편안하게 가능하다. 땀인지 빗물인지, 온몸에 막 물이 흐르면서 수련하기가 더 편해진다.

에너지가 떨어지고 순환이 잘 안되는 사람들이 그렇듯, 나 역시 땀이 잘 안 나는 사람이었다. 요가를 처음했을 때는 살짝 땀이 났다가 들어가고 또 살짝 땀이 났다가 들어가길 반복해서 수련이 끝나고도 혼자 뽀송뽀송했는데, 3~4개월쯤 지나니 땀이 나기 시작했다. 그게 뭐라고, 줄줄 흐르는 땀이 어찌나 반가웠던지! 지금도 매번 땀이 흐르지는 않는데 가끔 땀샘이 확 열려주면 그때 내 몸에 쌓여 있던 독소가 길을 찾아 빠져나가는 느낌이다. 그래서 몸이 찌뿌둥할 때면 비 오는 날 수련이 더 반갑다. 비 오는 날 특유의 약간 무거운 공기. 그 공기 덕에 마음이 차분해지는 효과도 덤으로 얻을 수 있다. 운동을 하면서 마음이 차분해진다고 하면 좀 안 어울린다고 생각할 수도 있지만 요가는 그렇다. 평상시와 다른 공기의 무거움이 사람을 더 차분해지도록 해서 몰입으로 이끈다.

'비요일 요가'의 즐거움이 하나 더 있다. 매트에 내가 한 동작의 자국이 그대로 찍히는 걸 보는 재미다. 땀 때문이다. 발바닥이 찍히는 것처럼 몸의 어떤 부위가 어떻게 닿았는지 매트에 땀자국이 남는데, 누웠다 일어나면 날개뼈 있는 자리에 작은 천사 날개가 펼쳐진다. '그래서 여기 이름이 날개뼈구나.' 확인하며 요가 하면서 천사도 되어보는 거다. 내 등에 오랫동안 숨어 있던 천사를 눈으로 확인하는 기쁨이다.

살람바 사르방가 아사나

부장가 아사나

시르사 파다

시르사 아사나

브르스치카 아사나

카포타 아사나

우띠따 파당구쉬타아사나

시르사 파다

핀차 마유라 아사나

간다 베룬다 아사나

사바 아사나

2

※
※

수련의 재미

※

나이 불문, 몸매가 어떻든

처음 요가원에 발을 디뎠을 때, 집에 있는 티셔츠와 쫄바지를 들고 갔다. 내가 이래 봬도 운동할 때 막 장비발 세우고 그런 사람은 아니다. 또 뭐 하나 사려면 몇 번이고 망설이는 편이기도 하고. 그런데 웬걸 맨 앞줄 사람들이 입은 옷들이 멋있어 보였다. 첫 수업이 끝나자마자 알아보니 룰루레몬 제품이었다. 일단 레깅스만 샀다. 맨 뒷줄에 숨듯이 자리 잡고 동작을 따라 하던 그 시절의 나는 브라톱을 입고 사람들 앞에 설 자신감이 없었기 때문이다.

팔다리가 가늘어서 그렇지 난 항상 배가 볼록 나와 있는 몸매였다. 아주 어릴 때, 진짜 말랐을 때도 허리가 짧아서 배는 나와 보이는 체형이었다. 먹는 것도 너무 좋아하고 늘 과식을 하는 데다 가장 큰 문제는 빨리 먹는 것이었다. 먹는 속도가 빠르니까 배부른지도 모르고 많이 먹고, 먹고 나면 배가 찢어진다고 데굴데굴 구르면서 앉지도 서지도 못하고 비스듬히 소처럼 누워 있었다.

요가원에 가면 저 앞줄, 배가 등가죽에 붙어 있으면서 찬란한 근육을 자랑하는 그분들이 별처럼 빛나 보였다. 40대를 훌쩍 넘긴 멋진 언니들이 브라톱과 레깅스를 입고 요가 하는 모습을 보니까 부러운 건 둘째 치고 그동안 내가 너무 게을렀구나 하는 생각과 함께 새로운 목표도 생겼다. '저런 옷, 입어보자. 배를 좀 다스려보자. 나도 뱃가죽을 등짝에 붙여보자.' 목욕탕에서 다 벗은 것보다 요가복을 입었을 때 더 멋있게 보이고 싶었다.

　주변 친구들에게 늘 요가를 권하는데, 다들 옷 핑계, 몸매 핑계다. 지금 좀 통통하니까 살 빼고 가겠다, 옷이 없어서 지금 못 간다고 하면서 빼는 경우가 많다. 인스타그램 같은 SNS에 올라오는 요가 사진들을 보면 어찌 그리 다 날씬하고 옷들도 예쁜지! 그런 거 자꾸 보면 현실감 없어져서 오히려 더 쉽게 도전을 못 한다고 친구들에게 얘기해 준다.

　요가를 오래 하다 보니 이제는 브라톱도 척척 입고 요가복에 대한 물욕도 자연스레 수그러졌다. 요가에 빠질수록, 수련이 깊어질수록, 나에게 만족할수록 옷은 부차적인 문제가 된다. 그래도 소재가 좋은 요가복을 입으면 수련할 때 움직임이 편하다. 수영 선수가 수영복을 입듯이, 요리사가 정갈한 앞치마를 하듯이.

이제는 매트가 없어도 천 한 장 깔고 야외 요가를 즐길 수 있다. 레깅스 입고 하던 아쉬탕가에서 하타로 넘어가면서 배기바지처럼 헐렁한 옷을 입고 수련하는 것도 자연스러워졌다. 브라톱은 입어도 그만, 안 입어도 그만. 그게 그렇게 중요하지 않게 되었다.

브라톱 입기를 망설이는 사람들이 여전히 많은데, 브라톱은 자신감의 아이콘이라고 해야 할까, 무심함의 아이콘이라고 해야 할까. 외국에서는 나이 불문, 몸매가 어떻든 비키니를 자신만만하게 입는데 우리는 이상하게 그게 잘 안된다. 막상 브라톱을 입어보면 땀에 들러붙지 않고 자유롭게 움직일 수 있어 집중과 몰입이 잘된다. 그냥 기세로 입어보는 거다! 용기 살짝 내서 한 번 입어보시라 권하고 싶다.

매일 도장 찍기

혼자서, 별다른 준비 없이, 바로 시작할 수 있기에 요가를 선택했다. 무언가를 규칙적으로 해내는 것만으로도 스스로를 격려하기 좋다. 만족감, 그것은 얼마나 찰나의 순간에 왔다 가는지. 이렇게 사소하고 작은 성취감이 쌓일수록 내가 썩 괜찮은 사람이라는 도장을 스스로 찍어줄 수 있다. 요가와 명상을 시작하고도 내가 나의 장점을 인정해 주기까지 제법 오래 걸렸다.

어느 땐 혼자가 아니라 사람들과 부대끼며 요가를 하

고 싶을 때가 온다. 늦은 밤이나 스케줄이 바빠 몸을 뺄수 없는 날, 사람의 에너지가 더 그리울 때가 있다. 그럴 때는 유튜브의 힘을 빌려본다. 방송에서 흘러나오는 선생님의 구령에 맞춰 조금 벅차지만 선생님이 밀어붙이는 에너지를 따라가 본다. 코로나19 이후로 인터넷에 접속해 따라 하기 좋은 동영상 요가 수업이 많이 늘었다. 꼭 요가원에 나가지 않아도 온라인의 세계에서 온기를 나눌 수 있다는 것도 고마울 따름이다.

　유튜브의 바다엔 좋은 선생님들의 커리큘럼이 참 많지만 내가 구독하는 채널은 〈려경요가〉 〈마이뜨리〉 두 가지다. 〈려경요가〉는 10분, 15분, 100분까지 원하는 시간을 선택해 동작을 따라 할 수 있어서 좋은데, 특히 '15분 숙면 요가'는 요가에 처음 입문하는 주변 친구들에게도 많이 권한다. 나도 몸이 영 안 좋은데 요가를 하고 싶은 욕심이 날 때 가끔 틀어놓고 따라 하며 굳은 몸을 편안하게 풀어준다.

운동을 매일 하는 나를 보고 친구가 어떻게 그게 가능하냐고 물은 적이 있다. 난 꼭 해야 하는 일에 마음 도장을 찍어놓고 마음의 부채를 만들어둔다. 도파민을 쉽게 분비시키는 일들(술 마시기, 소파에 눕기, 유튜브나 SNS 보기)은 생각하자마자 바로 몸이 움직이지만 운동이나 책 읽기처럼 시작하기 어려운 일들은 암만 굳게 결심을 해도 금세 뒷전이 된다. 그러니 뭔가 장치가 필요하다. 매일 보는 노트에 운동 루틴과 스케줄을 적으면 마음이 무거워져 어떻게든 하게 된다.

꼭 각 잡고 한두 시간씩 길게 운동할 필요는 없다. 간단 요가 15분이라도 쭉쭉 스트레칭을 하면 몸이 금세 달라지는 게 느껴진다. 이제는 확연히 나이 든 티를 내며 여기저기 삐걱대기 시작한 내 몸. 이제는 몸의 소리에 귀 기울이며 아끼고 달래가며, 살짝 채근도 해가며, 그렇게 내 몸과 다정히 잘 지내야 한다.

덜 실망하고 덜 욕심내고

요가를 하면 할수록 화려한 아사나보다 기본 동작에 집중하게 된다. 몸의 정렬이 맞는지, 정상 패턴으로 움직이고 있는지 돌아본다. 화려한 동작들에 매료되어 정렬이 흐트러지면 동작을 하는 게 별 의미가 없다는 걸 알게 된 것이다. 얼마 전까지만 해도 아사나 동작을 멋지게 취하기 위해 꽤나 집착하던 나를, 나의 인스타그램 친구들이 부디 잊어주시면 좋겠다.

기본이 제일 중요하고 기본이 탄탄할 때 다음의 것들

은 저절로 따라온다는 걸, 그 외의 것들은 부수적이라는 것을 요가를 하며 점점 알아간다. 화려한 겉모습으로 얻는 만족감은 잠시일 뿐, 그런 것들은 금세 허무해지고 쉽게 지루해진다.

사는 것도 그렇겠지?

내가 뿌리를 단단히 박고 잘 서 있으면 바람이나 충격에 살짝 흔들리더라도 결국 내 자리로 돌아온다. 나로서 나답게 잘 서야 하는 것이다. 너무 힘주지 말고 뿌리를 잘 내려서, 수축과 이완을 잘하면서.

하나씩 하나씩 단계적으로 좋아지고,
또다시 안 되는 부분이 생기기도 하지만
결과적으로는 나아가고 있다.

이런 과정들이 나의 삶에도 그대로 적용되어 덜 실망하고 덜 욕심내고 천천히 더 행복해지기를…….

※

지구 평화를 위해, 호흡!

선생님의 구령을 따라 요가 동작을 할 때 어려운 부분에 다다르거나 잘하고 싶어 욕심부리는 동작을 하다 보면 여지없이 선생님의 목소리가 들린다.

"호흡하세요! 들이마시고~ 내쉬고~ 들이마시고~ 내쉬고~!"

아, 무의식중에 또 숨을 멈추고 있었구나.

우리는 어려운 일에 맞닥뜨리거나 긴장할 때 저도 모르게 숨을 멈추게 된다. 이때 숨만 잘 쉬어도 몸의 긴장이 풀리고 마음은 차분히 가라앉는다. 이 당연하고도 손쉬운 진리를 그동안 의식하지 않고 살았다. 요가를 하며 숨을 잘 쉬는 것이 점점 중요해졌다. 호흡으로 기분을 바꿀 수 있다는 것도 알게 되었다. 긴장해서 숨이 안 쉬어지는 것도 문제지만 화가 나고 감정이 통제가 안 될 때 숨이 빨라지는 것도 문제다. 이럴 땐 가늘고 길게 숨을 쉬는 것만으로 마음을 가라앉힐 수 있다.

요가 수업을 하기 전, 천천히 숨을 들이마시고 천천히 내쉬면 몸뿐 아니라 마음도 같이 호흡한다. "요가는 호흡을 하면서부터 시작"이라는 말도 있다. 의식하며 호흡하는 것만으로도 몸과 마음이 달라진다. 생각은 더 차분해지고 몸은 예열이 된다. 그러면서 늘 굳어 있던 등 근육이 서서히 말랑해진다.

호흡의 기본은 입은 다물고 코로 하는 것이다. 처음엔 의식적으로 호흡하면서 숫자를 세는 것도 도움이 된다. 들숨과 날숨이 동일한 시간을 유지하는 게 좋은

데 3초 들이마시고 3초 내쉬는 식이다. 이걸 다섯 번만 반복해도 완벽한 기분 전환이 가능하다. 30초, 아니 15초만 숨쉬기에 몰입해도 바로 차분해진다. 숨만 잘 쉬어도 다른 사람에게 상처 주는 말을 하지 않을 수 있다. 후회하지 않을 수 있다. 내 마음도 지킬 수 있다.

숨쉬기는 아이의 사춘기 때 우리 가정을 지켜주기도 했지만 지구의 평화를 위해 주변 사람들에게도 꼭 권하고 싶은 수련 방법이다. 들숨과 날숨을 같은 간격으로 쉬고, 코로 숨을 쉬고, 복식 호흡을 하다 보면 따로 연습하지 않아도 저절로 명상의 길로 들어섰다고 할 수 있다. 좋은 호흡을 오랫동안 하려면 힘을 빼고 호흡 근육의 힘을 키워 천천히 늘려나가야 한다. 처음에 2~3초로 시작했다가 수련을 통해서 1분까지도 가능해진다고 한다.

현재 나의 숨은 50초 정도. 프리다이빙 하는 분들은 4분 넘게까지 자유자재로 가능하다고 하는데, 호흡과 명상 전문가들은 자신이 쉴 수 있는 숨을 100% 다 쓰지 말고 70%만 쓰라고 권한다. 내 숨을 100% 다 쓰면 처음 몇 번은 가능하지만 결국 너무 힘이 들어 오래 유지할 수 없기 때문이다. 인생이 마라톤이라면 100미터 달리기 하듯 전력 질주하지 않고 자기만의 페이스로 완주하는 노하우랄까? 숨을 잘 쉬다 보면 잘 사는 법도 저절로 모색하게 되는 것 같다.

※

생각을 없애고, 명상!

우연히 만난 건축가 한 분이 명상을 한다기에 어려운
자리였음에도 "저도 하고 싶어요!" 하고 냉큼 말을 붙
였다. 요가를 하다 보면 명상도 자연스레 따라온다. 수
업 전 잠깐 하는 명상으로는 성이 차지 않아서 명상을
좀 배워보고 싶다고 생각하던 참이었다.

나는 혼자만의 시간이 좀 필요한 타입이다. 누군가를
만나고, 모르는 사람이 가득한 자리에 나가면 기를 뺏
기고 혼이 쏙 빠진다. 그래서 '얼른 집에 가야지, 집에

가서 누워야지, 이틀은 집 밖에 나오지 말고 혼자 있어야지.' 하는 생각뿐이다. 그런데 지인에게 소개받은 명상 선생님과는 처음 만나 한참을 앉아서 얘기하고 밥도 먹고 그러고도 굉장히 오랫동안 떠들고 집에 왔는데 하나도 피곤하지 않았다. 좋은 에너지를 주는 사람, 꼭 내가 아니더라도 누구나 기다리는 사람 아닐까? 그래서인가 이 선생님을 만나고는 바로 명상에 빠져들었다.

요가도 그렇지만 사람들은 정말 다양한 방법으로 명상을 한다. 누구는 싱잉볼을 울리고, 누구는 호흡 수련을 하고, 누구는 내 마음속의 아픈 나를 떠올리며 마음을 들여다보는 시도를 한다. 이렇게 다양한 방법 중에서 자신만의 방법을 찾는 것도 명상의 일부일 것이다.

고요한 장소가 있다면 그곳이 어디든 나를 놓아두고 가만히 눈을 감는다. 거실 소파, 침대, 산책길 어디든 상관없다. 가끔 산책을 하다 한강변 벤치에 앉아 잠시 명상을 하는데, 온몸에 쏟아지는 따듯한 햇살, 스미듯 스치는 부드러운 바람에 나를 맡겨본다. 들이마시는 숨, 코로 들어오는 신선한 바람이 어느새 온 세포를 돌고 돌아 몸속의 찌꺼기를 담고 입 밖으로 새어 나간다. 천천히 부드럽게 내 몸 세포 하나하나에 숨을 불어넣는다는 생각으로 숨을 들이마신 뒤 불필요한 감정들, 생각들, 에너지들을 후~ 내쉬는 숨에 저 멀리로 보내버린다.

숨을 쉰다는 건 살아 있음을 알리는 소중한 징표인데 일상에 묻혀 잊고 살던 호흡을 인식해 보며 나라는 존재를 일깨우고 더듬어 느껴본다. 몸 안에서 세포들이 뽀글뽀글 움직이는 걸 어렴풋이 느껴본다. 마음을 일으키고 알아봐 주고 인사를 나눴을 뿐인데 역동적인 흐름이 일어난다. 몸이 따듯해지고 손끝, 발끝까지 찌릿찌릿 순환하기 시작한다. 고요히 호흡을 하다 보면 호흡 속으로 빠져들게 된다. 때론 호흡하는 것조차 잊고 텅 빈 고요 속에 머물기도 한다. 밝은 빛 속에 그 무엇도 없는 오롯한 비움. 그 순간이 깨지기 전까지 머물다 다시 호흡을 인식하며 천천히 눈을 뜬다.

　요가를 하며 만난 어떤 이는 하루 15분 명상 모임을 만들어 머무는 곳 어디에서든 잊지 않고 명상을 할 수 있게 이끌기도 한다. 바쁜 일상 속에 몸도 지치지만 이리저리 상처받고 헐떡거리는 내 마음과 생각에 잠시 쉬어 가라고, 편한 자리 내어주듯 명상을 해보면 어떨까.

　명상을 통해 나는 달라지기 시작했고 육체적으로도 정신적으로도 편안해지고 활기차졌다. 명상이 좋다고 하도 말하고 다니니 집에서 혼자 할 수 없느냐고 묻는 친구들이 많아서 제일 쉬운 방법이 뭘까 연구해 보았다. 가장 쉽게 명상을 시작하는 방법으로 자기 전 이부자리에 편안히 누워서 20분 숨을 제대로 쉬는 걸 추천한다. 침대에 누워 있는 그때가 몸에 가장 힘을 주지 않고 편안한 상태이기 때문이다. 물론 휴대폰 내려놓기, 이게 가장 어렵다고 할 수 있지만 그래도 해보자. 큰맘 먹고 휴대폰을 내려두었어도 처음부터 20분 명상을 하기란 쉽지 않을 것이다. 그러니 처음엔 5분만 일주일, 그다음 10분간 일주일 식으로 차근히 늘려가는 걸 추천한다. '어, 숨이 좀 길어졌네? 발끝 손끝까지 좀 편안해지는 것 같네?' 하다 보면 시간이 순식간에 지나가 있는 걸 알게 된다. 그러고서는 점점 호흡하는 것도 잊어버리고 머리를 비우는 자신을 발견할 수 있다.

이때 더 집중하고 싶다면 유튜브를 검색해 900대 헤르츠 음악을 틀어놓고 명상하는 것도 도움이 된다. 내 휴대폰에는 '963Hz 제3의 눈 열림', '639Hz 오래된 부정적 에너지 치료', '432Hz 강력한 치유' 등의 유튜브 검색 기록과 추천 목록이 가득하다. 난 명상을 할 때뿐 아니라 책을 읽거나 잠이 안 올 때도 400대 헤르츠의 음악을 틀어둔다. 우리 몸의 70%는 물로 이루어져 있어서 소리의 파동이 몸에 꽤 많은 영향을 주기에 팝송이나 가요처럼 베이스가 둥둥거리는 것만 듣지 말고 이런 음악도 들어보면 좋다. 사람마다 맞는 주파수가 다른데 친구 하나는 800대 헤르츠 음악을 들으면 잠이 잘 온다며 좋아했다.

지구별에서의 나는 김지호이지만 명상을 할 때는 우주의 에너지를 끌어다 쓰는 찰나의 양도체, 피뢰침이 된다는 마음이다. 요가와 명상의 목적이 근육을 단단하게 하고 움직임을 유연하게 하는 데도 있지만 경직되고 막힌 곳 없이 자연스럽게 흐를 수 있는 상태로 만드는 것이니까. 안 되던 동작이 갑자기 되는 날, 명상으로 차분하게 에너지를 느껴보는 날, 그 울림이 이렇게 내 몸에 파동을 일으켜 준다. 그래서 몸이 피곤하고 힘들 때는 내 몸에 맞는 주파수의 음악과 함께 고요히 누워 있는 것만으로도 더 빠르게 편안해진다.

시선을 멀리 두기

내 생활에 명상이 들어오면서 외부의 자극에도 더 편안해지는 걸 느낀다. 무슨 일을 하기 전엔 늘 '이건 잘 못할 것 같은데?' '이건 나한테 맞지 않잖아.' 하면서 나를 막아 세우곤 했는데, 그런 걱정이나 부정적 생각에도 명상이 큰 도움이 됐다. 내게 주어진 어려운 일이나 갑자기 생겨난 사건들, 남이 나에게 보이는 반응에도 편안하게 대처하게 되었고, 나를 비롯한 내 주변을 바라보는 이해의 폭도 더 넓어진 것 같다.

예전엔 뭔가를 잘하지 못할 것 같으면 아예 시작도 하지 않았다. 자존심도 세고 누가 뭐라 하는 말을 굉장히 듣기 싫어했다. 내 틀이 완강했던 나. 결혼하고 애 낳고 키우면서 조금은 무뎌지고, 애한테 '절대'라는 말과 '나는 그럴 리 없어' 등의 입찬소리는 하지 말자고 조금 다듬어지긴 했지만 인간 김지호는 명상 덕에 더 둥글어지고 있다. 이 세상에 '절대'라는 건 없고 그래서 시작도 하기 전에 엄살 부리는 건 그만두기로 했다. 그동안 참 많은 이유를 대며 머뭇거리는 삶을 살았다. 너무 힘들 것 같다고, 너무 오랫동안 안 해서 자신이 없다며 스스로를 깎아 먹는 말로 포기한 일이 내 안에 얼마나 많았던가도 생각해 본다.

명상을 20분 동안 하고 다시 지구로 돌아오면 20분 전에는 거대하고 힘들었던 문제들이 작아져 있다. 적당한 거리를 두었다가 다시 보면 그 안에서 막 헤매던 내가 보인다. 그리고 뭔가 마음에 다른 변화가 온다. 어느 순간 나에게 오는 모든 일과 잘 지내보자는 마음이 들었다. 좋은 일이 오건 나쁜 일이 오건 감정적인 동요가 많이 사라지게 되었다. 때론 청천벽력같이 억울한 일이 닥칠지라도 이걸로 뭘 깨우치라는 걸까, 무슨 메시지일까 생각하며 시선을 멀리 두게 된다. 그러면 또 견딜 만해진다. 내게 일어나는 모든 일이 나의 변화를 이끌고 있다는 걸 잊지 않으면 된다.

명상 훈련을 아무리 해도 잘 통하지 않는 순간이 있으니…… 운전을 하면서 시간에 쫓길 때의 나는 오 마이 갓! 명상과는 인연이 없는 성난 야생 호랑이 같다.

남편은 옆에서 "아니 넌 명상을 한다면서 왜 그러냐~" 지청구다. 급해서 허둥댈 때도 "명상을 더 해. 하루 종일 해도 모자라겠어."라며 농담 반 진담 반 놀리기도 한다. 아니 성질 급한 김지호가 어디 가겠어? 그러니 수련도 열심히 하고 명상도 하는 거야. 안 그랬으면 벌써 사달이 나도 골백번이 났을 거다.

두려움 없이, 행동으로 옮기기

부족한 자세 교정.

함께 하는 에너지.

집중.

이런 것들을 느끼고 싶어서 유튜브에서 보고 먼저 반한 '려경' 선생님의 집중반을 신청했다. 수업하는 곳이 인천이라 고민이 됐지만 하고 싶다고 생각했을 때 실천해 보고자 덤볐다. 법륜 스님이 "'일어나야 하는데 아~ 일어나기 싫다.'라는 생각이 들면 그런 생각이 들기도 전에 그냥 확 일어나라."라고 하셨거든! 이런 쉬운 얘기는 늘 맘에 콱 와닿는다. 생각만 많고 행동으로 옮기지 못하는 나의 나쁜 습관도 바꾸고 자꾸 혼자 있으려 하는 내성적이고 조심스런 성격도 조금씩 바꾸고 싶었다.

려경 선생님을 만나려면 하루를 비워야 하기 때문에 약속을 쉽게 못 잡는 편이라 주변 친구들에게 "맨날 어딜 그렇게 갔다 오냐?"는 질문을 많이 받는다. 인천에 요가 하러 다녀왔다고 하면 '엥? 미쳤구나? 그 멀리까지, 그것도 요가 하러?' 하는 반응들이다. "서울엔 요가 할 데가 없어?" 묻기도 한다.

인생은 속도보다 방향이라고 하지 않던가. 아무리 먼 거리도 내 마음에 달렸고 '시간'도 내가 쓰고 느끼기에 달렸다. 내가 힘들고 지루하면 시간이 길게 느껴지고 내가 마음이 바쁘면 시간이 아무리 많아도 계속 쪼들린다.

요가 하러 인천 가는 길, 지하철을 세 번 갈아타야 하지만 복잡한 지하철 안에서 조용히 책 속으로 빠져들면 그것 또한 즐거움이다. 집중도 엄청 잘된다. 조용하고 아무도 없는 집에서보다 군중 속에서 책 속으로의 도피는 생각보다 썩 효율적이다. 내게는 커피숍보다 더 쾌적한 인천행 지하철. 왕복 3시간 동안 책 한 권을 읽을 수 있다. 인천으로 여행을 가기 전 책꽂이를 둘러보거나 도서관에서 빌린 책을 동반자로 고른다. 읽을수록 좋은 반야심경을 해석한『건너가는 자』, 변택주『법정스님 숨결』, 김영하『오직 두 사람』, 한강『작별하지 않는다』와『소년이 온다』, 정유정『완전한 행복』과『내 심장을 쏴라』등의 책을 지하철 안에서 다 읽었다. 행여나 못 앉을 때는 관성에 저항해 흔들리는 중심 잡기나 발의 쓰임에 집중해 서 있으면서 할 수 있는 운동이나 버티기를 하다 보면 어느새 도착이다. 사람 구경도 드라마만큼이나 재미있어서 전철에서 본 사람의 스토리를 상상해 보는 것도 흥미롭다. 옷차림과 앉은 자세 등을 살피며 탐정처럼 추측해 본다. 평소에 마주치지 않을 각양각색의 사람을 관찰하며 사연을 만들어 본다.

집중반은 2시간 고강도 수련이 이루어지기에 현역 요가 선생님들도 자기 수련을 하기 위해 시간을 내서 들어오는 수업이다. 처음엔 허벅지가 터져나가고 후굴도 안 되고 어깨도 안 돌아가 낑낑거리며 따라가기 버거웠는데 점점 체력도 집중력도 좋아지는 게 느껴졌다. 수련이 끝난 뒤 빠지지 않는 '차담' 시간에도 점점 익숙해졌다. 서로 웃으며 진심으로 응원해 주고, 발전한 모습을 기뻐해 주고 요가와 삶에 대해 나누는 사람들의 이야기를 듣게 되었고, 경계심 많은 고양이처럼 굴던 나도 같이 편안하게 내 얘기를 할 수 있게 되었다. 요가하는 사람은 다들 착한 건지 아니면 요가를 해서 착해진 건지 가는 길이니 지하철역까지 데려다주겠다는 분부터 올 때 시간 맞으면 함께 가자는 분들도 있었다. 같은 방향으로 걸어가는 20대 '요친(요가 친구)'도 생겼다. 고등학생 때부터 요가의 길을 걷고 싶었다는 그 친구가 정말 기특했다. 우리 때도 이런 다양한 교육의 기회가 있었다면, 그 시절의 내가 좀 더 용기를 냈다면 다른 재미있는 길을 많이 경험하지 않았을까 생각해 본다.

요가를 하면서 작지만 큰 변화가 생겨났다. 내가 좋아하는 것을 용기 내 실천해 보는 것이 첫 번째다. 해보니 별거 아니었다는 걸 깨달으며 '사서' 하던 걱정을 덜하게 되었다. '번거로우면 어때? 안 하고 도망가면 후회와 미련만 남는다.'고 하면서. 오늘도 어떤 프로그램의 게스트 출연 섭외가 왔는데 "할게, 해볼게!" 시원하게 대답했다. 대답하고는 슬며시 밀려오는 걱정과 불안이 있지만 내게 온 일들과도 잘 지내보려고 한다. 아직 '일'에는 이렇게 변화한 나를 100% 적용하지 못하지만 그래도 매사에서 두려움이나 선입견을 줄여가는 중이다.

※

불행에도 예방 주사가 있다

분리, 주시, 부동.

가만히 떨어뜨려 바라보기.

요가에서 자주 하는 말이다. 그러다 보면 내 감정들이 보인다. 마구 떠드는 내 머릿속 '주절이'들이 보인다. 그때 '아~ 또 시작이구나. 떠드는구나. 흥 그러든가.' 이러면 끝이다.

명상 선생님이 늘 말한다. 내게 오는 일들을 내 생각, 감정, 판단을 앞세우지 말고 그것들과 그냥 잘 지내보라고. 이 일은 이유가 있어 내게 온 것이니 나를 앞세우지 않을 때 잘 지나 보내게 된다고. 그러면 훨씬 성숙해질 거라고.

성격 급하고 '욱'도 잘 치밀던 내가 정말 많이많이 성숙해지고 착해진 것 같다. 요가를 해온 10년 동안 '불행 예방 주사'를 꾸준히 맞은 덕이다. 독감 예방 주사를 맞으면 독감에 덜 걸리고, 걸려도 덜 아프고 지나가듯, 요가라는 '불행 예방 주사'를 맞으니 힘들 법한 일들이 이젠 제법 '괜찮게' 넘어간다. 그럼 됐지 뭐, 주사 약발이 떨어지면 다시 '욱지호'가 나오겠지만, 어쩌겠어? 그럴 때면 매트 위에 서야지 뭐.

분리! 주시! 부동!

의외의 비염 처방법

요가 수련은 대개 명상으로 시작한다. 시작 전 10분간 고요히 명상을 하면서 일렁이는 마음을 가라앉힌다. 차분해지고 고요해진 상태에서 수련을 시작하면 호흡이 일정하다. 사람도 차분해지지만 몸도 데워진다. 선생님 구령에 맞춰 오래 머물고 깊게 유지할 수 있다.

문제는 나의 고질병, 호흡기 질환이다. 초등학교 5학년부터 천식이 도지기 시작해 수영 선수도 그만뒀는데, 그 이후로도 호흡기가 줄곧 문제였다. 요가는 호흡을 중요시하는 운동이라 미세 먼지가 최악일 때는 운동하면서 코가 막히고 콧물이 줄줄 쏟아지기도 한다. 애써 만들어놓은 코어도 순식간에 사라진다. 이럴 때는 방법이 없다. 다시 천천히 몸을 살피며 에너지를 올려볼 수밖에.

내 머릿속은 비염 때문에 방문한 병원의 진단으로 가득했다. 한 시간 넘게 기다려 들은 말은 이 비염이 노화의 한 현상이라는 거였다. 서러워라! 여러 처방법을 듣고 예방법까지 들었지만 마지막 말만 뇌리에 박혔다. "비염은 쉽게 낫지 않습니다. 재발도 잦고요. 특히 노화로 인한 비염은 더 어려워요." 노화로 인한 비염이라니! 마치 불치병 선고를 받은 것 같은 기분이다.

코도 막히고 머리도 답답하여 무슨 정신으로 요가 수업을 마쳤는지 모르겠다. 이럴 땐 다른 처방이 필요하다. 터덜터덜 집으로 걸어오다가 맛난 냄새에 이끌려 보니 만둣국집 간판이 걸려 있어 문을 열고 살포시 들어갔다. 만둣국과 매콤달콤한 비빔국수에 금세 기분이 확 좋아졌다. 배부른 채로 산책하듯 빙 돌아 걸어오는 길, 햇살도 좋고 공기도 좀 좋아져 '노화로 인한' 비염 걱정도 누그러졌다. 나는 아까보다 한 시간 더 늙어 있지만 왠지 더 나아진 것 같다.

그래, 가끔은 수련보다 맛난 음식이 육신에 더 이로울 때가 있다.

※

왜 나는 늘 맨 뒷줄을 기웃거렸나

요즘 조금 후회한다. 완벽하지 않을 것 같으면 시작조차 하지 않았던 지난 시간들을. 그래서 너무나 많은 것을 놓쳤던 걸 말이다. 왜 늘 그렇게 두려워했을까, 해보지도 않고. 오십이 되어서 더 그런 마음이 드는 것 같다. 나라에서는 나보고 한 번 더 마흔아홉으로 살아볼 기회를 준다고 하지만 내 마음은 이미 깊숙하게 오십 세를 받아들이고 있다.

뭐든 잘 못할 수도 있는 건데 왜 그렇게 두려워했던 건지. 사람에겐 다 처음이라는 게 있는데, 뭐든 시간이 지나야 숙련자가 되는 것인데, 숙련의 시간 없이 점핑하고 싶어 하고 왜 늘 잘해야만 한다고 생각하고, 잘해 보이고 싶어 했을까.

　요가를 시작하고 요가원에 갔을 때 늘 맨 뒷줄만 찾아다녔다. 맨 뒷줄 왼쪽 두 번째. 그 자리가 마음 편했다. 그곳에서 바라본 맨 앞줄 사람들은 대단했다. 저 앞줄에 있는 멋진 사람들은 뭘 어떻게 해서 저렇게 된 걸까. 나는 과연 저렇게 될 수 있을까? 딴 세상 사람들 같아 보였다. 눈에 띄지 않게 맨 뒷줄에 매트를 펴고 수업이 끝나기가 무섭게 매트를 말아 도망쳐 나오곤 했다. 뒷줄을 지키며 꾸준히 수련하기를 몇 년. 어느새 나도 맨 앞줄에 서서 그 앞줄 사람들이 하던 걸 해내고 있다. 숙련자의 고난도 동작이 나도 되네? 그래, 그냥 시간이 필요한 거였다. 꾸준함 그것만으로 되는 거였다. 안 되는 건 없었다.

욕먹는 건 싫고 기준만 높아서 아무것도 시작하지 못하던 나를 이제 버리기로 하자. 각자의 속도와 시간이 있다. 목표를 세우고 부딪히고 넘어지다 보면 조금씩 힘이 붙고 자신감도 쌓인다. 요가를 통해 터득한 것들이다. 요가 연습을 하던 꾸준함과 노력이 가져다주는 차이와 변화를 내 삶에서도 적용하면 못 할 게 없을 것 같다. 어제보다 조금 더 나아진 나에게 만족하는 법을 배우려고 한다. 각자가 가진 재능이 다 다르다는 걸 인정하며 마음의 여유도 생겨간다.

요가 콘텐츠로 인스타스그램을 시작한 이후, 주변에서 "나도 하고 싶은데 자신이 없다."는 고백을 자주 받는다. 그때마다 "저도 못했어요, 저도 맨 뒷줄에서 얼마나 낑낑거렸는데요. 처음엔 못해도 되니까 일단 시작하세요. 시작이 반이에요."라고 얘기해 준다. 결국 시간이 보여줄 거라는 얘기를 해주고 싶다.

불균형을 받아들이는 나이

요가 수련을 하다 보니 어느 날부터 다리가 앞뒤로 찢어진다. 상상도 못 하던 일이다. 이십 년 전인가? 다리를 일자로 찢으면 CF를 찍을 수 있다고 해서 어떻게든 찢어보려 애쓰던 기억이 있다. 그때를 생각하면 낄낄웃음이 난다. 끝내 다리 찢기를 실패하고는 민망한 마음에 매니저에게 어떻게 이런 걸 시킬 수 있냐며 항의하던 철없던 내 모습도 생각난다.

몸이란 게 신기하고 방통하다. 지금은 다리 찢기는

문제없이 되는데 다리가 짝짝이다. 왼쪽 다리에 힘이 없다. 이런 불균형은 시간이 지날수록 점점 악화되기도 한다고 한다. 엄청 애쓰지만 양쪽 다리의 밸런스를 맞추려면 왼쪽 다리의 힘을 기르는 운동을 또 해야 한다. 균형 맞추기가 생각처럼 쉽지는 않다.

요즘 보고 또 보는 『요가 인문학』 책에서도 밸런스를 강조한다. "요가를 하면 몸은 긴장을 풀어내고 에너지의 흐름은 원활해진다. 수련을 통해 신체의 움직임에 집중하면서 균형감을 개발하고 자신을 관찰하는 능력 또한 개발한다. 이러한 과정을 통해 몸의 안정뿐만 아니라 의식의 안정을 이루는 단계로 나아간다."는 것이다.

사실 요가를 해도 불균형 문제는 쉽게 없어지지 않는다. 여기도 아프고 저기도 안 좋아서 내 몸이 얼마나 부실한지에 대해 하룻밤 내내 떠들 수 있을 것 같다. 이제는 친구들과도 하는 이야기의 대부분이 건강에 관한 것이다. 어느 사이인가 아픔과 함께 가는 나이, 불균형을 일상으로 받아들이는 나이가 되었다.

몸 컨디션이 예전과 달라졌다고 느끼거나 어딘가 불편을 느끼면 다들 운동에 대한 생각을 많이 하는 것 같다. "허리가 아프면 무슨 운동을 해?" "어깨가 아프면 어떻게 하면 좋아?" 같은 질문을 전문가가 아닌 나에게도 종종 한다. 꾸준한 스트레칭만으로도 아무것도 안 하는 것보다는 큰 도움이 되지만 그래도 운동을 하겠다면 기초부터 천천히 가면 좋겠다. 남들 하는 게 멋져 보인다고, 혹은 처음이라 에너지 가득한 상태로 고강도 운동을 했다가는 근육통과 피로함으로 얼마 가지 못하고 포기하게 되니까.

어차피 평생 꾸준히 해야 할 운동이니 천천히 차근히 채워가며 강도를 높이길 추천한다. 기초가 튼튼해야 다치지 않고, 갈수록 운동 가속도도 붙는다. 사람은 다 자신이 잘 쓸 수 있는 방법으로 몸을 움직이게 되어 있다. 그러니 가능하면 괜히 아픈 곳을 낫게 한다고 아프고 가동 범위가 안 나오는데 더 집중해서 움직이려 애쓰지 않았으면 좋겠다. 처음부터 너무 욕심을 내고, 안 되는 부위에 더 힘써서 집중하고, 안 되는 동작을 어떻게든 해보려고 하면 나처럼 탈 나기 십상이다.

뿌리 깊은 나무처럼, 한 발로 서기

아쉬탕가 요가 동작 중 '우티타 하스타 파당구쉬타사나Utthita Hasta Padangusthasana'라는 기다란 이름의 엄청나게 고난도 동작이 있다. 한 발을 앞으로 들어 손가락으로 엄지발가락을 잡고 쭉 뻗어 호흡 5번. 잡은 다리를 옆으로 돌려 고개를 반대로 놓고 호흡 5번. 다시 돌아와 다리를 몸 쪽으로 당겨 정강이에 얼굴을 가까이 당겨 호흡. 그러고는 손을 허리에 놓고 다리 90도 각도를 유지하며 호흡 5번. 진짜 만만치 않은 동작이다.

웬만한 동작들은 몇 개월의 시간 동안 꾸준히 노력하

면 조금씩 편해지고 그 동작을 하는 데 무리도 없어진다. 그런데 스탠딩 동작들을 끝내고 마무리할 무렵에 느닷없이 나오는 이 우티타 하스타 파당구쉬타사나는 고난도 자세다. 여러 힘과 균형을 갖춰야 취할 수 있는 만큼 나에게는 그저 넘사벽의 동작이었다.

　한 발로 설 수 있어야 하고 다리를 뻗을 수 있는 햄스트링의 유연성과 대퇴사두근의 힘. 다리를 드는 장요의 힘과 버티는 다리, 둔부의 힘. 발의 아치를 유지하며 발바닥을 누르는 힘. 버틸 수 있는 코어와 옆구리 힘. 이게 다 돼야 하는데 이건 도대체 얼마나 연습해야 가능할까? 행여나 옆사람의 흔들리는 모습이 시야에 들어오는 날엔 멀쩡히 서 있던 나도 같이 흔들흔들. 그 정도로 집중력도 필요했다. 흔들림 없이 자세를 유지하고 있는 저 앞줄 분들의 놀라운 능력을 난 언제나 갖게 될 수 있을까? 멀고도 높은 산처럼, 보기만 해도 버거운 느낌이 들었다.

　요기 5년 차. 코로나19가 오는 바람에 집에서 수련을 시작했다. 누군가 보고 있다는 시선에서 자유로워지자 내 마음 자세도 조금씩 달라지기 시작했다. 흔들리는 것도 떨어지는 다리도 나에게 다가오는 두려움이 아니라 시퀀스 중 하나의 아사나로 받아들이기 시작한 거다. 중심을 잃어 다리가 떨어지면 다시 호흡을 가다듬고 집중하면 되는 거였다. 맞아, 다리가 떨어지면 다시 올리고 또 힘을 쥐보면 되는 거다. 그냥 하면 되는데, 배우고 힘이 길러지면 어제보다 좀 더 안정적으로 버틸 수 있는 건데 쳐다보는 시선이 느껴지면 계속 잘하고 싶은 욕심과 더 잘 해내야 한다는 생각 때문에 스스로 얽매여 더 안됐던 거였다. 늘 다른 사람의 시선을 의식하는 내가 문제였다.

일에서도 마찬가지다. 난 배우 일을 시작함과 동시에 너무 큰 인기를 단번에 얻어버렸다. 배우로서 여러 가지로 준비가 미흡했던 상황이라 당시 난 두 다리로 가만히 서 있는 것조차 힘이 들었던 것 같다. 당시엔 넘어지지 않고 멋지게 서 있는 것에만 집착했다. 흔들거릴까. 떨어질까. 누군가 비웃을까. 못한다고 수군댈까. 시작도 전에 늘 두려웠고 공포스러워 도망치기 바빴다.

요가를 하며 밖으로 향해 있던 시선을 내 안으로 돌리며 그 시절의 내가 많이 생각났다. 이제는 진짜 많이 편해진 것 같다. 직업상 늘 남의 시선에서 자유로울 수 없었는데 요가 수련을 하면서 오롯이 나에게로 집중하는 시간들을 경험했고 그 시간들이 나를 자유롭게 만들어준 것이다. 나 자신에게 솔직하게, 안 되는 것에 대해 부끄러움 없이 도전하고 노력하는 나를 바라볼 수 있게 되었다. 그래서 뭔가를 다시 해볼 수 있는 힘이 생겼다.

잘하지 않아도 돼. 하고 싶은 거, 해보고 싶었던 거 그냥 다 하는 거야. 스스로 기준을 너무 높게 잡아놓고 거기 못 미친다고 나를 저평가하지 말자. 잘하려 애쓰지 말자. 그러다 보면 하는 게 두렵지 않고 두렵지 않으면 꾸준히 하는 게 더 쉬워질 거다.

이제는 반복과 꾸준함이 주는 기적 같은 선물을 안다. 아직은 요가 이외에 다른 도전을 못 하고 있지만, 아깝게 지나 보낸 시간들을 후회하기보다는 남은 시간이 더 길다는 걸 생각하기로 한다. 나를 다그치지 않고 꾸준히 걷다 보면 몸도 마음도 더 가벼워질 거다.

요즘 한 발 서기 자세, 일명 '나무 자세'로 하는 '뇌 나이' 테스트가 챌린지로 자꾸 떠서 웃음이 났다. 한 발로 서서 다른 발의 발바닥을 서 있는 다리의 무릎이나 허벅지에 대고 30초 이상 버티면 뇌가 매우 젊다는 증거라나. 눈을 감고 하면 더 어렵다. 10초도 못 버틸수록 뇌 나이가 치매에 가까워진다는 것이다. 인도에는 치매 환자가 없는데 인도 사람들이 카레를 많이 먹어서 그렇다는 '카더라 통신'보다 요가가 일상인 그들이 이 나무 자세를 많이 한 덕분일 수도 있다는 생각이 들 정도로 의미 있는 동작이다.

나무 자세는 뿌리가 깊은 나무가 바람에 잘 흔들리지

않는 것처럼 균형에 중심을 둔다. 우리 몸의 균형이 잘 잡힐수록 신경도 조화롭게 해 스트레스, 분노 등을 제거해 준단다. 일단 한번 해보면 한 발로 서서 흔들리지 않고 버틴다는 게 생각보다 쉽지 않다는 걸 알게 된다. 집중하는 마음과 안정된 생각도 빠질 수 없다. 우리의 뇌는 평생 풀가동해도 10% 쓰면 잘 쓴다는데 그 뇌를 건강하게 만들어주는 게 결국 허벅지 근육과 균형 감각 덕분이라니 힘을 내서 매트 위에 서본다. 이렇게 서서히 몸과 마음의 시차를 줄여나가는 중이다.

◦ 찾아보니 『80에도 뇌가 늙지 않는 사람은 이렇게 합니다』라는 책에 나오는 이론이었다. 그것 말고도 영국 스포츠의학 저널에 게재된 브라질 리우데자네이루 운동의학연구클리닉 연구팀LINMEX의 연구 결과에 따르면, 50세 이후 한 발로 10초 이상 서 있지 못하면 10년 내에 사망할 위험이 2배 가까이 증가하는 것으로 나타났다고 한다. 이 균형 감각을 잃을까 봐 나는 그렇게 떨었나 보다.

3

*

*

일상을 돌보며

헛수고는 없다

초등학교 3학년 때의 기억이다. 선생님이 "이리 나와!" 하며 나를 부르셨다. "너 수영 선수반 가." 아무 근거 없이 그냥 키가 커서 뽑힌 거였다. 그렇게 엉겁결에 수영을 시작했다.

그래도 키가 크니까 팔다리가 길고 그만큼 속도가 빨리 났던지 얼마 배우지도 않았는데 대회에 나가게 됐다. 문제는 내가 어릴 때부터 선수로 훈련한 게 아니라 중간에 갑자기 시작한 터라 체력이 엄청 약하다는 거다. 25m까지는 월등히 빠른데 그다음부터는 힘이 빠져서 뒤로 처졌다. 프로를 노리는 선수라면 끝까지 이를 악물고 버텨야 하는데 나는 처음에 미친 듯이 가다가 힘이 풀리면 끝이었다. 그다음부터는 세월아 네월아 이 레일이 언젠가는 끝나겠지 하며 수영을 했다.

전국소년체육대회(소년체전) 예선전이 치러지는 수영장에 전국의 기대주가 모두 모였다. 배영 400미터는 혼자 출전해서 1등. 200미터는 3명이 출전해서 3등을 했다. 나는 그때도 25미터까지 월등히 앞으로 치고 나갔다. 반환점을 돈 뒤 팔다리에 힘이 사라져 예선전에서 탈락하고 말았지만. 그때 잘하던 선수들은 모두 올림픽 꿈나무가 되었겠지? 얼마 전 올림픽 수영 경기를 보다가도 아빠는 추억에 잠긴 목소리로 지호가 수영을 시작하자마자 25미터까지는 1등을 해서 메달 따는 줄 알았다며 30년도 지난 이야기를 꺼내셨다. 25미터 경기가 있었다면 금메달리스트였을 거라고 탄식을 하셨다.

메달은 못 땄지만 당시 수영 훈련을 했던 기억이 좋아서 딸아이가 느닷없이 리듬 체조를 하겠다고 나섰을 때도 순순히 지원을 해줬다. 초등학교 5학년 때 운동을 시작해서 프로 선수가 되기엔 너무 늦다는 걸 알면서도 말이다.

어떤 길을 가든 거기에서 최선을 다해서 해보는 건 무엇이든 다 도움이 된다. 헛수고는 없다. 이제 막 성인이 된 아이에게도 타인이나 사회에 위해를 끼치는 일 말고는 뭐든지 다 해보라고 부추긴다. 딴 길도 막 가보고 유턴해도 괜찮다고, 흥미가 생기면 덤벼보라고, 그 시간이 너에게 배짱도 에너지도 주고 인생에 꼭 필요한 총알 장전도 해준다고, 네가 모르던 것을 터득한 힘으로 몸과 마음에 말랑한 부분이 더 생길 거라고, 그런 과정에서 느끼는 게 정말 소중한 거라고 말해 준다.

물론 각자의 페이스를 유지하는 것도 중요하다. 다

큰 지금도 나는 초반에 에너지를 몽땅 끌어다 쓰는 편이다. 운동을 해도, 사람들이랑 놀러 가도 페이스 조절을 제대로 못하고 피치를 올려 120%까지 써버린다. 근데 나는 그렇게 쓰고 있는지도 모른다. 기질이 그런 것 같다. 어느 순간 힘이 팍 꺾여서 이제는 그만 집에 가야지 싶은데, 다른 사람들은 여전히 팔팔할 때가 많다. 하지만 나는 혼자 동굴로 들어가 에너지를 재충전해야 한다.

지금의 내가 소년체전 예선전 때로 돌아간다면 체력 훈련을 좀 했을까. 대답은 당연히 예스! 그땐 왜 하는지 몰라서 열심히 안 했지만, 이제는 체계적인 훈련으로 나를 다시 만들어서 태릉선수촌으로 보내고 싶다. 지금 알고 있는 걸 그때도 알았더라면!

※

악순환의 굴레를 끊는 일

아직 20세기였을 때, 한창 드라마 촬영을 하고 있을 무렵인데 매니저가 나를 붙잡고 울었다. "오늘만 면 안 먹으면 안 돼? 제발!!!" 말리다 안 되니 이럴 거면 차라리 배우 그만두고 그냥 칼국숫집을 차리라고도 했다. 드라마를 찍으면서 매일 출근 도장 찍던 칼국숫집 때문이었다. 아침 점심 저녁 세끼를 모두 면을 먹을 수 있을 만큼 나는 면을 사랑한다. 결혼기념일 파인다이닝 코스를 배 두드리며 잘 먹고도 남편과 함께 집에 오는 길에 국숫집에 들러 비빔국수 하나, 잔치국수 하나 시켜서 사이좋게 나눠 먹고 와야 오늘은 좀 잘 먹었네 싶은 만족감이 들었을 정도니 말이다.

면이 아니더라도 어릴 때부터 밥을 안 먹으면 아무것도 못 했다. 아침이라 입맛 없다는 말도 있던데, 나와는 상관없는 말이었다. 눈뜨자마자 배고픈 스타일이었다. 그런데 살다 보니 아침을 많이 먹는 게 좋은 일만은 아닌 것 같다. 아침을 많이 먹으면 점심도 전에 배가 고프다. 무엇보다 아침 먹으면 졸리고 몸이 무거워서 집을 나서기도 전에 컨디션이 별로가 된다.

당시 하루 세끼 잘 먹으면서 과식을 하고 배가 늘 나와 있던 나는 스타일리스트의 진심 어린 충고도 한 귀로 듣고 한 귀로 흘려버릴 수 있을 만큼 먹을 것에 대한 소신을 굽히지 않는 사람이었다. 상의와 하의 사이즈를 늘 다르게 맞춰 와야 했던 나의 스타일리스트 기동아, 그때 많이 미안했다.

요가를 처음 시작한 날도 당연히 밥을 든든히 먹고 집을 나섰다. 그랬더니 막 비틀고 꼬고 상체를 접는 동작에서 트림이 나오는 거 아닌가. 필사적으로 소리는 참았지만 음식 냄새가 스멀스멀 퍼져나가는 게 확실해 민망했다. 계속 이런 민폐를 끼칠 수는 없지 싶어 뭔가 적당한 음식이 있는지 선생님께 상담했더니 요가 할 때는 가능하면 속을 비우는 게 좋겠다고 하셨다. 요가 수업을 위해 평생 처음으로 빈속으로 집을 나서기 시작했다.

처음에는 수련하는 동안 배에서 꼬르륵 소리가 울려 퍼지고 머릿속에는 온통 수업 끝나면 뭐 먹을까 하는 생각뿐이었다. 탈진해서 쓰러지듯 매트에 눕기를 여러 차례. 더 누워 있고 싶어도 배가 고파서 기어 일어나 집으로 돌아왔다. 수련 시간마다 밥 생각만 했지만 사람은 아무리 극한 상황이라도 적응하게 되어 있나 보다. 긴 공복 시간에도 몸이 점점 적응해 갔다. 그리고 기대하지 않았던 일들이 도미노로 일어났다. 우선 아침에

속을 비우니 머리가 맑아졌다. 배가 부르면 따라오는 식곤증이 사라지니까 머리가 훨씬 더 잘 돌아가는 게 느껴졌다. 빨리 먹느라 꽉 찬 속 때문에 부대끼지 않으니까 몸이 편안해졌다. 아침에 컨디션이 좋으니 하루 종일 기분이 좋고 다른 사람, 특히 가족에게 다정하게 대할 수 있었다. 역시 체력이 성격을 좌우한다는 말이 맞았던 거다.

매일 수련을 하다 보니 어느 순간 자극적인 양념도 싫어졌다. 재료 그대로에 소금, 후추 뿌리는 정도로 담백하게 먹는 습관을 들였더니 몸에 부담이 없어 좋았다.

요가를 마친 후 집에서 먹을 땐 조리 단계와 양념을 줄이고 최대한 빨리 차릴 수 있는 메뉴로 고른다. 샐러드, 샌드위치, 채소를 엄청 많이 넣은 비빔국수에 과일이랑 치즈, 견과류 등을 곁들여 차리기도 한다. 별것 아니지만 온 세포가 먹을 것을 원할 때 3.3제곱미터(1평)

짜리 테라스에 앉아서 바깥 공기와 햇살을 느끼면서 먹는 한 끼가 소중하고 행복하다. 세포가 공기까지 달게 흡수하는 느낌이다.

평생 볼록했던 배가 들어가고 있는 게 눈으로도 보이기 시작했다. 그동안 날 괴롭히던 역류성 식도염과 위하수도 좋아졌다. 아이 스케줄이 밤에 다 끝나면 홀가분한 마음으로 한잔하던 습관이 몸에 좋지 않았던 거다. 특히 레드 와인을 마시면 식도부터 가슴까지 활활 타오르는 것 같았지만 외면한 채 마셨다. 그냥 잠들기에는 허전하고 뭔가 억울한 마음에 그랬다. 술 마시면 자기 전에 탄수화물이 당기기에 또 막 먹었고, 그러면 역류성 식도염 때문에 또 도돌이표. 내 몸만 힘들 뿐인데 그 굴레를 끊는 게 그렇게 힘이 들었다.

먹는 양을 줄이고 공복의 시간이 길어지니 위가 약간 작아지는 게 느껴졌다. 예전에 먹던 양만큼 못 먹게 되

자 위에 소화가 미처 되지 않아 늘 음식이 남아 있는 듯
해 답답하던 느낌도 사라졌다. 요가 시작 3년 만에 역
류성 식도염도 이렇게 나랑 이별을 했다.

사소한 글이 위로가 된다니

3년 전 가벼운 마음으로, 하지만 용기를 내어 요가 인스타그램을 만들었다. 무엇보다 요가를 같이 나누자하는 마음으로 시작했다. 나는 사실 그렇게 화려하지 않고 오히려 소박한 사람이라는 것도 알리고 싶었다. 그런데 기자님들이 좀 놀랐나 보다. '김지호 49세, 요가로 11자 복근' '김지호(50) 과식 후 스쿼트 100개' '모래주머니 차고 운동' 등의 기사를 쏟아내며 막 난리가 났다. 그 나이가 그렇게도 놀라웠나.

전문가가 보면 아무것도 아닌 요가 동작들을 하는 모습을 올렸을 뿐인데, 대단하다고 기사까지 나니까 너무 부끄러웠다. 연예인 말고 요가 하는 김지호에 대한 얘기를 전하고 싶었는데 기사가 나니 당황스러웠지만 오랜 공백기 끝의 나를 알리는 것 같아 반갑기도 했다. 주변에서도 그냥 솔직한 너를 보여주라고 격려해 줬다. 사실 인스타그램을 시작한 초반에는 지인들이 이런저런 조언을 해줬다. "옷도 좀 사고 좋은 데도 가고, 사모님! 돈 좀 쓰시죠!" 그래도 배우인데, 친구들의 조언을 들어야 하나 싶었지만 그러면 내가 아닐 것 같아 원래의 내 모습 그대로 올렸다.

팔로어 수를 늘리고 인플루언서가 되는 것보다 그냥 솔직한 나를 좀 보여줄 수 있는 매체라고 생각하니 계속할 수 있었던 것 같다. 세상과 나를 연결해 준 작은 창인 인스타그램을 하면서 나도 좋은 자극을 많이 받았다. 지치고 쉬고 싶은 날에도 요가를 하고 싶게 만드는 동기 부여가 되었고, 인스타 AI가 추천해 주는 다양한 운동 피드를 보면서 '그래, 나도 분발해야지.' 하며 매트 위에 올라서는 선순환이 생겼다.

요가 하는 나를 찍고 일상을 적어 내려가고 하면서 '나라는 사람이 이렇구나.' 하며 스스로를 다시 보기도 했다. 내가 썼던 글을 한참 지난 뒤에 보면 그렇게 낯설다. '내가 이랬어?' 하는 것도 있고 심지어 늙어가는 내 얼굴의 변화를 냉정하게 관찰하기도 한다. 무엇보다 내가 하는 수련에 대한 얘기나 나이 듦에 관한 생각들을 무심하게 올렸는데 내 글을 보고 '용기가 생겼다.' '위로가 된다.' 이런 댓글을 달아주거나 디엠을 보내준다는 게 놀라웠다. 아, 사람들이 이런 사소한 글에도 위로를 받고, 또 동기 부여도 하는구나. 특히 내 나이 또래의 사람들이 "저도 해도 될까요? 시작하기 두려웠는데 용기가 좀 생겨요. 해볼까 봐요." 하고 말을 건네주면 되레 내가 감동을 받았다. 친한 친구들이 나를 '요가 전도사'라고 놀릴 정도로, 요가를 해보라고 엄청 권하고 다녔는데 내 인스타만 보고도 요가를 하는 사람이 생

기다니. 소박한 나의 인스타 덕에 내 하루가 더 활기차

졌다. 유튜브도 해볼까? '좋아요와 구독 부탁드려요.'

이런 대사를 남발하는 나를 상상하며 웃어본다.

※

'그럴 수 있지' 하는 마음

요가를 하며 나를 내려놓는 연습을 하자 남편과의 관계가 무척 좋아졌다. 그동안 엄청 싸우기도 하고 냉전도 잦았는데, 기대하지 않았던 요가의 순작용이다. 사계절을 만나보고 나름대로 신중하게 결혼을 결정했건만, 결혼하자마자 연애와 결혼은 다르다는 만고의 진리를 깨달았다. 연애할 때는 노는 게 잘 맞아 마냥 즐거웠던 사이였고 서로 다른 부분이 너무나 흥미로웠는데 결혼 이후엔 그 모든 '다름'이 불화의 씨앗이 되었다.

이해하려 들지 않고 못되게 굴기만 했는데, 요가를 시작한 후 내가 많이 바뀐 것 같다. '그럴 수 있지' 하는 마음으로 상대를 보게 된 거다. '저게 저 사람이지, 저 사람이니까 저렇게 반응할 수 있지.' 인정하고 받아들일 수 있게 되었다. 남편의 화가 크면 난 잠시 도망을 간다. 그렇게 시간을 좀 두고 나면 남편의 화도 작아져 있다. 예전에는 그 화가 모두 나에 대한 공격이라고 생각했는데 이제는 그렇게 받아들이지 않게 되었다. 상대방의 화를 내가 받아들이지 않으면 싸움이 안 된다는 걸 알았기 때문이다. 감정 타이밍만 잘 맞추면 싸울 일이 별로 없다. 남편의 예민함을 이해하려 들지 않고 남편의 젊었던 좋은 시절을 내가 망친 것 같아서 어느 땐슬쩍 미안한 마음이 들기도 한다.

남편에게 더 잘해 주려고 노력을 좀 했더니 예민한 남편은 바로 알아차렸다. 무슨 대단한 걸 한 것도 아니다. 같은 말도 부드러운 말투로 하고, 아이 챙기는 것의 반의반 정도라도 남편을 위해 배려하는 정도였는데도 남편은 많이 감동했다. 서로 부딪히지 않으니 둘이 같이 노는 게 더 즐거워졌고 '맛잘알' 남편의 맛집 리스트를 같이 탐방하며 오히려 연애할 때보다 관계가 더 좋아졌다. 물론 여전히 사소한 일로 싸한 기운이 둘 사이에 흐를 때가 종종 생긴다. 내가 받아치지 않고 참으니 예전처럼 싸우진 않지만 서로 말없이 거리를 둔다. 화해할 타이밍은 바로 식사 시간, 혹은 식재료 장 보는 시간이다. 우린 먹는 거에 진심인 부부여서, 하늘이 무너져도 밥을 건너뛸 수 없기에 싸워서 말은 안 해도 둘이 같이 장을 본다. 나보다 요리에 진심인 남편은 마트나 시장에 가면 구경하는 것만으로도 기분이 점점 좋아진다. 냉전 중인 걸 잊고 자기도 모르게 "지호야, 와인도 한 병 살까?" 하면 상황 종료.

나이가 드니까 나보다 더 나이 많은 남편에게 연민의 정이 생기는 것도 예상치 못한 감정이다. 너무나 다른 둘이 만나 20년이 넘게 살면서 힘들기는 남편이 더 힘들었을 것이다. 꼼꼼하고 감성적이고 예민하고 섬세한 남편이 덤벙대고 잘 잃어버리면서도 마냥 긍정적이기만 한 나를 만나 얼마나 힘들었을까 싶다.

내 마음이 이걸 받아들이는 데 20년이 걸렸다. 그나마 요가를 하면서 나를 들여다보지 않았으면 앞으로 20년이 더 걸렸을지도 모를 일. 친한 사람들 만날 때마다 남편은 "지호가 요가 해서 나랑 사는 거잖아. 명상 안 했으면 우리 이혼했어." 이런 우스갯소리를 한다.

마음 무게를 견디지 못하던 시절

처음 방송을 하게 된 건 대학교 2학년 때였다. 방청 아르바이트를 하면 5만 원을 준다는 말에 혹해서 갔다가 프로필 사진 한번 찍어보자는 제안에 가벼운 마음으로 응했는데 어!어!어? 하는 사이에 나는 신승훈의 '그 후로 오랫동안' 뮤직비디오에 나왔다가 드라마를 찍고 있었다. 뮤직비디오에는 대사가 들어가지 않기에 '여기서 저기로 걸어가, 앉아 있어, 책 봐, 웃어' 이런 지시에 따르면 됐고, 1시간 만에 끝이 났다. 감독과 스태프가 워낙 베테랑이라 그 정도만 찍어도 갖다 쓸 화면들을 뽑았나 보다.

　그때 좀 할 만했던지 '내가 어떻게?'였던 마음이 '한 번 해볼까'로 바뀌었다. 그리고 윤석호 PD님의 〈사랑의 인사〉 드라마 오디션을 보러 갔다. 나를 보자마자 매니저가 "너 이렇게 입고 온 거야?" 하며 한숨을 쉬었다. 청남방에 청바지, 이른바 '청청 패션'. 아, 나름 아메리카 스타일로 차려입은 건데 아닌가? 아니면 말고의 마음으로 치렀던 오디션. 틀림없이 떨어질 줄 알았는데 뭔가 캐릭터와 색깔이 비슷하다며 캐스팅이 되고 말았고(!) 곧바로 촬영이 시작되었다. 청주대학교에서 찍는 캠퍼스 드라마라 고만고만한 나이대의 연기자들이 모여 여관을 잡고 합숙을 했다. 노는 거 좋아하는 나는 마냥 신이 났다. 주인공인 배용준, 성현아 씨는 매일 촬영을 나가는 반면 나머지 사람들은 헤어, 메이크업을 하고는 하루 종일 대기하다가 밥만 먹고 돌아가기를 몇 날 며칠. 그때 내가 딱 하루 찍은 장면이 방송을 타자

"쟤는 누구냐?"며 일이 밀려들기 시작했다. 물 들어올 때 항공모함 띄우는 스타일의 기획사 덕분에 가요 프로그램 MC, 드라마, CF까지 눈코 뜰 새 없이 바쁘게 활동을 했다. 아이들 동요 프로그램과 뉴스 생방송까지 진행했으니 정말 다양하게 이것저것 많이도 했다.

내가 뭐라고 나를 이렇게 사랑해 줄까, 예쁘다고 해줄까 어리둥절했다. 나뿐만 아니라 우리 가족 모두가 같은 심정이었다. 준비도 없이, 연기 전공도 아니고 욕심도 없던 나였지만 젊고 체력이 좋다 보니 주어진 일을 해내기는 했었다. 하루 30분도 못 자는 스케줄이 계속되었다. 코디네이터와 헤어, 메이크업 담당도 다 같이 우리 집으로 퇴근해서 잠깐 눈 붙이고 다시 나가는 강행군의 연속. 이동하는 사이 잠을 보충하면서 일을 해냈다. 방송 나가기에 문제없는 정도로는 역할을 해냈지만 제대로 준비도 없이 연기를 시작한 터라 당연히 잘하지도 못했다. 근데 그게 나에게는 마음의 짐이었다. 다른 사람은 넘어가도 나는 나를 아니까 마음속에 계속 데미지로 쌓여갔다.

늘 평가받는 일을 한다는 건 쉽지 않았다. 처음 접한 어떤 분은 연예인 하고 싶어 안달 난 어린애처럼 우습게 취급했고, 신인이라 뭘 모르는 날 호되게 대하는 사람들도 있었다. 물론 날 아껴주고 잘 챙겨주는 분들이 훨씬 더 많았지만 안 좋은 감정들이 강렬하고 깊게 남아 점차 일하면서 만나는 사람들을 경계하기 시작했다. 누구를 만나도 깊이 친해지지 못했다. 그리고 방송가 주변을 보면 다들 열정적으로 활활 타오르고 있어 나 따위가 끼어들면 찬물 끼얹는 사람이 될까 봐 더 조심하게 되었다.

사람들을 만나야 할 일이나 자리가 생기면 생각이 많아졌고 피곤해졌고 불편해졌다. 그때는 나에게 집중하지 않고 남들 눈에 어떻게 비칠까가 중요했다. 그러니 쉽게 지치고 상처받았다. 조금만 싫은 소리가 들려도 그냥 넘기지 못했고 자존감이 뚝뚝 떨어졌다. 누가 더 예쁘고 누가 더 잘하는지 비교하는 것도 일상이었다. 사실 상처는 내가 나에게 주고 있었다. 기준을 높이 잡고 어차피 난 안 될 거라고 지레 포기했던 것 같다. 어린 나이에 데뷔해 학창 시절 친구를 제외하고는 일에 관계된 사람들을 주로 만났는데 그들이 나를 대하는 방식이 낯설고 어렵기만 했다.

준비되지 않은 채로 받은 상상도 못 했던 큰 사랑이 버겁고 무거워 일에서 자꾸 도망을 쳤다. 문제가 생기면 그 안에서 죽이 되든 밥이 되든 부딪혀 보고 해결해야 하는데 그런 게 무섭고 자신이 없다 보니 피했다. 22세 때 엉겁결에 연예계에 발을 디뎌 3년 정신없이 활동하다가 25세에 지쳐 도망치듯 다시 학교로 돌아갔다. 지금 생각해 보니 정말 어렸다. 졸업하고 다시 방송을 시작했지만 역시나였다. 잘 해내야 한다는 부담감에 즐기지 못하고 서서히 작품 수도 줄이고 결혼으로 육아로 도망쳤던 것 같다. 그 시절엔 못한 것만 끌어안고 후회하고 자책했다. 이 정도면 저번보다 좋아졌으니 고생했어! 잘한 거야! 나 자신을 응원해 주고 다독이며 갔다면 현장에서 덜 긴장했을 거고, 계속하다 보면 연기도 늘고 여유도 깡도 생겼을 텐데 말이다. 1년에 한 작품씩이라도 했더라면. 발가락 연기다, 손가락 연기다 하는 소리 들으면서도 계속했으면 어땠을까. 결과보단 과정을 중요시하는 마음으로 활동을 했다면 몰입하는 게 편해졌을 거 같다.

그러나 후회하면 뭐하나? 이미 지나간 시간인 것을. 올 때 되면 기회가 올 것이고 잘 준비하고 있다가 그때 신바람 나게 또 춤을 추면 된다고 생각하고 살기로 했다. 지금은 그냥 모든 것이 다 감사하다.

긍정의 자극제

다른 인생을 살아볼 기회는 아무나 얻는 게 아니다. 나는 참 많은 기회를 얻었던 운 좋은 사람이었다. 연기를 배운 적도, 연기 욕심도 없던 나는 납득이 안 가는 캐릭터는 못 하겠다는 핑계로 피해 다니기 바빴지만. 나중에 다른 배우들과 좀 친해져서 연기를 엄청 잘하는 선배들 얘기를 듣고는 깜짝 놀랐다. 대본 100번 보기는 기본, 맡은 캐릭터의 인생 그래프까지 벽에다 그려놓고 대본 분석을 열심히 하셨다. 근데 두어 번 읽어 외우고 촬영장에 가고, 촬영 끝나고 나면 대사가 하루도 더 기억이 안 나는 상태였던 내가 연기 못한다는 소리에 그렇게 자존심까지 상할 일이었나 싶다.

책도 한 번 보고 두 번 볼 때 보이는 게 다른데 다른 사람의 인생을 그리는 대본은 어떻겠나. 그래서 놓치는 게 많았을 거다. 대사 하나하나 그 안에서 의미를 생각해 내고 여기에서 내 행동과 이 캐릭터가 했을 생각과 이런 것들을 다 유지하면서 그 신을 상상해 봐야 하는데. 초기엔 그냥 글자만 달달 외웠던 것 같다. 나중엔 100번까지는 아니어도 대본을 반복해 읽고 다르게 표현해 가며 운동장에서 큰 소리로 읽으며 뛰기도 했는데, 그렇게 연습이 느니 신인 때보다 연기에 재미를 붙이고 자신감이 생기기도 했다.

하지만 나의 기질은 그대로. 못한다는 소리는 듣기 싫고, 욕심이 나면 열심히 해야 하니까 아예 욕심이라는 걸 안 가지려고 했다. 지구력, 인내심, 욕심, 분석 그런 말들은 내 사전엔 없었다. 평생 설명서라는 걸 읽어

본 적이 없었고. 그래서 그런 걸 너무 열심히 하는 남편이 늘 존경스러웠다. 학교도 학원도 뭘 하나 딱 시작하면 천지개벽이 일어나도 열심히 해야 하는 남편과 살다 보니 그런 자세를 좀 배운 것 같다.

자기 인생에 대해 '왜?'라는 질문이 없었던 나는 요가를 시작하고 인내심, 지구력이 생겨났다. 그다음엔 뭔가 더 알고 싶어서 공부하고 분석도 하기 시작했다. 물론 슬럼프의 시간이 끊임없이 온다. 그때마다 잘 넘어갈 수 있게 자극을 주는 게 나에겐 요가다.

"이건 내가 해야 하는 일인 것 같아, 그런 느낌이 와."
요가에게, 운명적 사랑을 고백하는 중이다.

트라우마와 마주하기

어릴 때부터 "생각이 많아 집을 짓지 못한다."는 말을 많이 들었다. 겁이 많고 자신감이 부족했던 난 겉으로는 센 척했지만 두려움과 공포에 맞서야 하는 날이 천지였다.

나와 한 살 반 차이 나는 언니가 있어 학원이며 노는 것까지 언니와 늘 함께했다. 다방면에 뛰어났던 언니 때문에 내 실력은 죄다 엉망으로 보였고 난 늘 못하는 애, 살짝 '루저'라는 인식이 마음 깊숙한 곳에 자리 잡은 것 같다. 같은 뱃속에서 나온 삼 남매는 놀랍도록 달랐고 그중 나는 유독 얼렁뚱땅이었다. 친한 친구들 속에서는 활달하고 씩씩했지만 남 앞에 서서 내 의사를 정확하게 표현하는 걸 힘들어했다. 그리도 수줍고 연약하던 나에게 창피한 역사를 만든 사건이 생기고야 말았다.

국민학교라 불리던 시절, EBS에서 회장 선거를 주제로 우리 학교의 선거 모습을 촬영하기로 했다. 난 안 나가고 싶었지만, 당시 내가 반장을 맡고 있었기에 회장 후보로 무조건 나가야 했다. 어쩔 수 없이 회장 선거 홍보문을 머리 싸매고 가까스로 써서 연습도 안 하고 쪽지만 덜렁 들고 단상에 올라갔는데…… 이럴 수가! 쪽지에 글씨가 없는 거다(머리가 하얘져서 글자가 하나도 안 보였다). 당혹감에 눈을 이리저리 굴리다가 선생님을 쳐다봤지만 소용없었다. 무슨 말을 하고 내려왔는지는 나무관세음보살! 그 이후로 난 대중 앞에 못 서는 아이, 자리 깔아주면 덜덜 떠는 아이로 스스로를 꽝 낙인찍었다. 사람마다 자기의 방식으로 세상을 이해하고 헤쳐 나가기 마련인데, 나는 이 사회의 기준으로 좀 떨어지는 아이 같았다. 뭔가 잘 해낼 자신이 없으면 시뮬레이션을 백번 돌렸고, 돌리면 돌릴수록 두려움은 더 커져갔고 하지 말아야 할 이유가 잔뜩 생겨났다. 일어나지도 않은 일, 일어날 법도 하지 않은 일들이 족쇄를 채웠고 두려움으로 나를 무릎 꿇렸다.

나의 이 아킬레스건 때문에 딸을 좀 더 괴롭혔던 것 같다. 지금도 가끔 "책 좀 읽어라.", "열심히 좀 해라." 타박하지만 딸만의 세상을 마주하는 방식을 안다. 알면서도 조금 더 원하는 부모의 욕심이 아이를 힘들게 하거나 주눅 들게 했던 게 아닌지.

무대 트라우마는 비단 연예인 생활이 아니라 어린 시절부터 남몰래 언니와 비교해 가며 만들어낸 나의 아킬레스건이다. 이렇게 글로 고백하는 것만으로도 어느 정도 치유되는 기분이다. 이제는 도망치지 않고 마주보기를 선택한다. 나만의 방식, 나만의 색깔로 내 세상을 이해하고 칠해 갈 거다.

✳
성인 ADHD?

가끔 나는 내가 미친 것 같다. 그제 밤 혼자 책상 앞에 앉아 있었다. 독서대에는 읽고 있는 책이 놓여 있다. 옆에는 책 원고를 프린트해서 두고 그 밑에는 공부할 영어책을 깔아두었다. 라디오를 켰다가 멜론으로 음악을 다시 튼다. '준비 끝!' 하고 눈을 들었더니 창밖이 보인다. 아! 가을이구나. 일어나서 창문을 활짝 열었다. 다시 책상에 돌아와 음악 들으면서 책을 읽다 보니 영어책에 시선이 간다. 영어 공부를 시작한다. 중얼중얼 영어를 따라 읽다가 미처 못 고친 원고가 보여 펜을 들고 원고를 고쳐본다. 다시 책을 읽다가 한 구절에 영감을 받아 유튜브 '963 헤르츠'를 틀어놓고 눈을 감은 뒤 명상을 시작한다. 정신이 들었다. 의식의 흐름대로 하던 걸 계속 바꿔치기하는 내 모습이 딱 미친 여자 같았다.

아침의 시작과 밤에 잠자기 전 반드시 개수대의 그릇을 정리하는 꼼꼼한 남편은 내내 나를 이해하지 못했다. 너는 왜 그릇을 안 집어넣니? 이거 뚜껑은 왜 안 닫아놨니? 이건 왜 안 버렸니?

왜? 나는 '어차피 음식 하면서 꺼내 써야 하는데 뭘 다시 집어넣어야 하는가' 하는 스타일이라 불편한 사람이 다시 넣자고 했다. 일부러 뚜껑을 안 닫은 게 아니라 하던 거 다 하고 닫으려고 그랬다. 그것도 계속 버리려고 그랬는데 일부러 안 치운 게 아니라 내가 거기다 그걸 놨다는 걸 전혀 기억 못 해서 그런 거였다. 난 다할 말이 있는데 말이다. 어느 순간 남편이 혼자 화를 내고 지적하는 걸 멈췄다.

손님을 초대한 어느 날이었다. 둘이 이제 호흡을 맞춰 음식을 차려내야 하는 상황. 남편이 나에게 식탁 세팅을 먼저 해달라고 했는데 식탁까지 가는 와중에 한 네 가지 일을 점프하듯 하는 나를 보게 된 거다. 가다가 뭐가 눈에 띄면 그걸 하고, 그거 하다가 저게 눈에 보이면 저걸 하더니, 심지어 페인트칠까지 하고 있는 거였다. 식탁 세팅은 안드로메다로.

"난 네가 일부러 그러는 줄 알았어. 그게 아니구나. 어떻게 너는 그럴 수가 있니?"

하나를 마무리 짓고 그다음 거를 해야지, 어떻게 그럴 수가 있느냐고 남편이 진지하게 물었다. 그때 약간의 깨달음이 왔다. 이건 성인 ADHD인가, 그냥 집중력 저하인가. 인스타그램 동영상이 뜨는데 빨래를 하러 가던 여자가 전혀 다른 일 서너 개를 해치우고 뿌듯해하는 모습. 끝내는 뭐 하러 왔는지 전혀 기억 못 하는 걸 보면서 완전 나랑 똑같다고 생각했다. 친구들에게 얘기했더니 이구동성이다. "나도 그러고 있어! 똑같아!"

여자들은 한 번에 할 게 많다. 전화도 받고 필요한 물건 주문도 하고 택배도 받으면서 기본 세 가지 정도는 동시에 해치우며 살았던 것 같다. 집 안에서 뭘 하는 건 의식의 흐름대로 하게 되는 삶. 그래도 다 잘 해냈었는데 40대 중반쯤 되니 한 번에 두 개가 잘 안 됐다. 친구들도 다들 휴대폰 들고 휴대폰 찾고, 선글라스 끼고 선글라스 찾고, 방에 들어가서는 내가 여기에 왜 왔지 생각하게 된단다. 그래도 우리가 용하게 집을 찾아온다. 이게 꼭 ADHD일까, 그냥 나이가 들어서일까, 그렇게 서로 위로하며 지낸다. 동지들, 다들 이런다니 위로가 된다, 진짜.

뇌세포를 살리는 요가

올해 남편에게도 그분이 왔다. 바로 건망증. 수납과 정리의 천재, 세상 꼼꼼한 남편에게도 말이다. 챙길 것이 특히 많은 여행에서 여권과 지갑은 언제나 남편이 책임진다. 나도 나를 못 믿고 그도 나를 못 믿어 생긴 우리만의 암묵적인 해외여행 룰은 그동안 안전했다.

햇살 아래 모든 것이 돋보이는 유럽을 온전히 즐기고 싶어서 좀 길게 떠난 여행에서 일이 생겼다. 이탈리아에서 스위스로 넘어가는 날, 여권이 분실된 걸 기차 안에서 알게 됐다. 어디에서 잃어버렸을까. 에어비앤비

숙소에 놓고 왔나? 집주인에게 연락을 취하니 찾아봐
준다며 대충 어디에 둔 것 같냐고 묻는데, 남편은 아무
리 기억을 더듬어봐도 생각이 안 난단다. 다행히 집이
예뻐서 찍어둔 사진을 남편에게 보여줬더니 세탁기 위,
빈 선반장을 찾으며 허탕을 치다가 갑자기 "접시!"를
외쳤다. 오목한 파스타 접시에 여권과 지갑을 넣어두
고 그 위를 다른 접시로 잘 덮어둔 거였다. 그리고 그 집
을 떠난 거고.

스위스의 어느 문방구에서 DHL로 여권과 지갑을
받기로 하고 일단락됐지만 이 모든 걸 영어로 해결해
야 한다는 걸 인식한 그때부터 눈앞이 깜깜해지는
데……. 사람이 긴장하고 무서우니까 하던 말도 안 나
오고, 하면서도 무슨 말인지도 모르겠고, 결국은 영어
를 정말 잘하는 사람한테 부탁해야 했다. 역시 세상은
혼자 살 수 없어, 서로 도우며 살아야 한다며 훈훈하게
마무리가 되는 듯했지만 남편의 충격은 엄청났다. 지
갑과 여권, 그 중요한 걸 본인이 잊어버리다니 믿을 수

없었나 보다. 한동안 말도 없고 여행 분위기도 침체됐
지만 받아들일 수밖에. 이렇게 나는 또 한 명의 동지를
얻게 되었다.

누구에게나 공평하게 찾아오는 이 건망증은 친정엄
마도, 세상 꼼꼼한 우리 언니도 비껴가지 못했다. 40대
중반 이후에 발현되는 우리 집 유전인가 봐 하고 포기
하고 있었는데 유튜브에서 뇌과학자의 영상을 보며 희
망을 얻었다. 운동을 하면 뉴런이 살아나서 움직이며
서로 연결되는 영상. 다시 재생이 안 되고 죽어간다고
만 생각했던 뇌세포의 뉴런이 하루 한 번 숨차게 운동
하는 것으로 살아날 수 있다는 것이다.

그래서 집중을 못 하고 끊임없이 다른 걸 하는 내가
2시간씩 요가를 하고 그 안에서 머무르는 건 실로 엄청
난 일이다. 이걸 해내는 내가 나는 정말 기특하다. 나를
현재에 머무를 수 있게 해주는 안전장치. 새로운 동작
을 시도해 보고 완성도 있게 자세를 만들려고 근육이

노력하는 사이 뇌세포의 뉴런도 살아나려고 애쓰고 있다. 건망증이 심해져 치매로 가지 않을까 떨고 있다면 운동을 하자. 나의 뇌적 향상과 원활하게 연결되는 뉴런을 위해 난 오늘도 요가 매트를 편다.

※

타인의 평가에 휘둘리지 마

아이가 중학교 1학년쯤 되었던 어느 날, 오래 잊고 있던 소녀 시대의 나를 다시 만났다.

　결혼을 하고 아이를 낳고 아이가 사춘기가 되는 동안 이렇게 나와 재회하는 날이 오리라고는 생각지도 못했다. 딸아이와 소녀 시대의 내가 오버랩되면서 동시에 부모님의 젊었던 시절까지 저절로 떠오르게 되던 순간.

　어렸을 때 나는 가만히 있질 못했다. 에너지가 넘쳐서 학교 안에서는 너무 활발했고 밖에서는 늘 걸어 다니는 걸 좋아했다. 두세 정거장쯤 되는 거리는 웬만하면 걸어 다녀서 고등학생 때 별명이 '만보 걷기 여사'였다. 중학생 때는 학교와 멀리 떨어진 석계역으로 이사를 가서 지하철 타고 다니는 즐거움을 잔뜩 누렸다. 다양한 내기와 게임으로 추억을 쌓아가며 등하교를 했었다. 그때 집안 형편이 어려워져 학교와 집의 거리가 멀어진 거였는데 철이 없어서였는지 오히려 더 좋았다. 지하철과 버스를 타고 등하교를 하게 되면서 그냥 오늘 좀 걸어볼까 싶은 마음이 들면 혼자 훌쩍 걸었다. 지나다니는 사람 구경도 하면서, 지금은 하나도 기억나지 않는 이런저런 생각도 좀 하는 시간이 마냥 좋았다. 같은 동네에 사는 친구와 함께 하교할 때면 걷다가 지하철을 탔다. 잠깐 정차한 지하철 매점에서 새우깡 사서 돌아오기 내기도 하고, 이에 엿이나 김을 붙이고 앞사람을 웃길 수 있나 없나, 손잡이 안 잡고 흔들리는 지하철에서 누가 더 발을 오래 붙이고 있나 하는 시시한 내기들에 마냥 신나 하며.

그때는 틀에 갇히는 것에 대한 반발심이 한가득이었다. 공부는 손에서 놓지 않았지만 듣기 싫은 수업 시간이 있으면 탈의실에 책걸상을 숨겨두고 학교 담을 넘었다. 친구는 오락실에서 오락을 하고 나는 그 옆의 구멍가게에서 가게 아줌마와 수다를 떨면서 종종 튀김만두를 사 먹었다. 지금은 핫 플레이스인 가로수길 아래 구멍가게의 파라솔 아래가 그 당시 내가 도망갈 수 있는 가장 안전하고도 먼 일탈이었다. 은행나무 잎사귀가 하루가 다르게 달라지는 걸 보는 게 수업 듣는 것보다 좋았다.

그 시절 나는 부모님 모르게 사춘기를 통과하고 있었다. 오락 몇 판을 끝내면 엉덩이를 툭툭 털면서 담을 타고 금세 돌아올 수 있는 안전한 탈출구. 옆 학교에 축제가 있으면 수업 시간이라도 교실 밖 창턱에 숨어서 구경도 하고. 듣기 싫은 수업은 기어코 빼먹곤 하던 사춘기 소녀시대. 그렇게 스릴 있게 학교를 다녔더니 학창 시절이 재미있는 추억으로 남아 있다. 친구들은 고3 때

를 생각하기도 싫다고 하는데 나는 다시 돌아가도 괜
찮겠다 싶을 정도로 좋았던 추억이 많다.

그래서 딸아이의 사춘기 모습을 보았을 때, 부모님은
지금도 모를, 작은 일탈을 즐기던 그 시절의 내가 떠올
랐다. 아이를 이해하고 싶어서, 아이에게 다 괜찮다고
말해 주고 싶어서 내가 여기서 기다리고 있었나 보다.

'나보다 착하고 나처럼 잘 저지르고, 나보다 보수적
이라 안심이 되는 딸아. 엄마는 너에게 불편한 사람이
아니라 다 받아주는 사람이 되고 싶어. 너의 일탈은 엄
마보다 더 과감하지만 한결같이 나보다 믿음직스럽
단다.'

어른이 되고 나서 언젠가 부모님께 큰맘 먹고 물어본
적이 있다. 왜 인생에서 남의 눈, 남의 평가가 그렇게 중
요했냐고.

"남들이 뭐라겠니!"

"남이 보면 어쩌려고!"

"엄마 친구 딸은……."

나의 질문에 부모님은 무척 당황스러워하셨다. 부모님에게는 인생을 통틀어 단 한 번도 생각해 본 적 없는 당연한 말들이라 이런 질문을 하는 딸이 낯설었나 보다.

누군가에겐 숨 쉬듯 자연스러운 행동이 누군가에게는 숨 막힐 것 같은 제어가 될 수도 있다는 걸 이제 안다. 그런 타인의 시선이라는 틀 안에서 평생을 살았기에 나도 자기 검열의 틀에서 자유롭지 못했다.

내 아이를 틀에 가두는 부모는 되지 말아야겠다고 늘 생각했건만, 막상 아이가 사춘기가 되었을 때 내가 잘하고 있는 건지 자신이 없었다. 사춘기 아이와 말다툼하다 화가 나서 맥주를 벌컥벌컥 마시면서 불현듯 떠오른 나의 사춘기 시절. 나의 소녀 시대와 인사를 했다.

그래, 사춘기 너 왔구나. 내가 네 마음 안다, 엄마가 좀
더 어른스러워지는 수밖에. 그렇게 나의 옛 시절을 생각
하며 아이의 소녀 시대가 지나가기를 천천히 기다렸다.

✳ 내려놓는 기술

매년 무계획이 새해의 유일한 계획이었는데 올해는 아주 작은 것부터 시작해 볼 참이다. 노트에 '나를 위한 변화 시도'라는 제목을 먼저 쓰고 나만 알아볼 수 있는 그림을 그린다.

'노력은 배신하지 않는다!' 국가대표의 결심보다 비장하지만 사실 아주 소소한 계획이다. 정확한 전환 동작을 해보고 싶은 마음에 올해는 세 가지 동작을 이루자고 결심했다.

1. 가슴과 허벅지가 닿을 수 있도록

2. 플랭크 자세 1분씩 3번

3. 하루 30분 명상하기

설거지하다가도 생각나면 뛰어가 수행하기로 한다.

계획을 세우자마자 일찍 눈이 떠졌다. 아침에 눈을 떴을 때 기분 좋게 하루를 시작하는 것만으로도 성공이다. 네 시 오십 분. 밖이 칠흑처럼 어두워서 다시 눈을 꼭 감고 잠을 청해 보았지만 한번 달아난 잠은 쉬이 오지 않는다. 벌떡 일어나 부엌으로 나와 따뜻한 물 한 잔으로 마른입을 적시고는 괜스레 부지런을 떨며 아침 준비를 한다.

FM91.9 라디오를 틀어놓으니 애국가가 나온다. 하하하! 예전엔 오전 6시에 나왔던 거 같은데 사람들의 아침이 더 빨라졌나 보다.

밥을 다 준비해도 식구들은 일어날 생각이 없기에 '옳다구나' 하며 매트를 펼쳐본다. 요가는 그 순간에 집중하고 머물 수 있어 참 좋다. 늘 앞서 걱정하고 몇 번의 시뮬레이션을 돌리며 경우의 수를 생각하는, 성미마저도 급한 내게 꼭 필요하다.

　입시를 앞둔 아이의 학원을 오가느라 장거리 운전을 계속하고 시간에 쫓기며 늘 "늦었다"를 입에 달고 서두르며 사니 지금 어디에 살고 있는지 모르겠는 시간을 보내고 있었다. 생각해 보니 거의 일주일째 매트 위에 올라서질 못했다. 아이가 수험생이다 보니 아이 스케줄이 내 스케줄이다. 하루에 반나절 이상 차로 이동하고 차에서 기다리며 보낸다. 이런 날일수록 바로 잠들기가 싫어서 연작 드라마 시청을 시작하게 될 확률이 높다. 딱히 재미있지도 않은데 그냥 잠들기는 아쉬워서 드라마 남은 회차를 확인하며 이리저리 뒤척인다. 시곗바늘이 새벽을 향해 달려갈수록 마음이 가라앉는다. 또 바이오 리듬이 망가지겠구나. 아침을 늦게 시작하는 게 큰 스트레스 중 하나다. 일정한 루틴 없이 그냥 흘려보내는 하루가 아깝고 내가 한심하게 느껴진다.

하는 일도 없는데 늘 하루가 바쁘게 도망치는 기분. 그런 생활의 반복이었다.

부지런하지도 못하면서 욕심은 머리 꼭대기에 있어서 아무것도 내려놓지 못해 마음이 늘 불편했다. 새해부터는 조급해하지 말고 꾸준히 매트 위에 올라서자. 발바닥을 나무뿌리처럼 단단하게 디디고 천천히 몸을 풀며 준비 운동을 시작한다. 동작을 엄격하게 구현하는 것보다 해내는 것에 중점을 두면서 천천히 하기로 한다. 뭐가 되고 뭐가 안 되는지, 어디가 아프고 어디가 풀리고 있는지, 내 몸이 어떻게 쓰이는지 천천히 들여다보면서.

욕심을 내면 몸에 힘이 들어간다. 그럴수록 호흡에 집중하면 몸이 훨씬 잘 이완되고 힘도 더 부드럽게 쓸 수 있다. 삶도 마찬가지인 것 같다. 잘하고 싶은 마음이 클수록 힘이 들어가 경직된다. 급한 마음에 실수를 한다. 실수를 만회하려 더 마음이 급해지면 최선을 이끌어내기가 어려워지는 경우도 생긴다.

힘을 뺀다는 것. 몸에도 마음에도 생각에도 힘을 뺀다는 것. 결국 그게 이 수련을 통해 다가가고 싶은 긍정적인 상태인 것 같다.

누군가 내게 얘기해 줬다. 관성처럼 자꾸 습관대로인 나로 돌아가려 하기에 수련을 매일 해야 한다고. 욕심을 내고 있거나 급하거나 마음이 어지러울 땐 다 내려놓고 매트 위에 서는 것이 도움이 될 거라고.

환경만 바뀌어도

한동안 서울의 교통지옥 속에서 아이의 학원 라이딩에 치여 살았다. 막히는 좁은 골목길을 곡예하듯 달리며 시간 맞추느라 늘 예민했다. 개구리 파킹을 위해 내 차를 남편에게 넘기고 기동성 좋고 어디든 세우기 좋은 작은 차로 갈아탈 정도였다.

학원에서 쏟아내는 말들은 무시무시한 협박이었고 때론 나와 아이를 낙오자로 낙인찍는 듯도 했다. 내가 잡는다고 잡힐 아이가 아니었기에 번번이 포기했지만 받는 스트레스는 고스란히 내 몫이었다. 학원을 끊어도 봤지만 학교 학부모 상담에서 선생님을 만나고는 다시 학원 전쟁에 뛰어들었다.

"어머니, 요즘 애들은 달라요. 공부를 잘 못하면 여자애들이 무시하고 무리에 끼워주지 않을 수도 있어요. 그러니 공부를 좀 시켜주세요."

자존심도 상했고 이런 걸로 아이가 무시를 당하면 안 되겠다 싶어 그날부터 난 기숙 학교 선생님처럼 굴었다. 밖에서 놀기 좋아하는 아이를 갑자기 들어앉혀 놓고는 문제집을 풀도록 했다. 왜 틀렸냐 다그쳐가며 애 귀에는 외국어처럼 들렸을 어려운 수학을 무시무시한 목소리로 설명하고 윽박질렀다. 마주 앉아는 있지만 영혼은 안드로메다에 가 있는 아이에게 나를 무시해서 안 듣는 거냐며 고함을 쳤다. 옆에서 보던 남편이 안 되겠는지 나를 제어시켰다.

"너 이러다 애랑 의 상하겠어. 그만해!"

그때 살짝 정신이 들었다. 애한테 흉악하게 소리 지

르는 모습이 얼마나 괴물 같은지.

'우리 애는 왜 이리도 공부를 재미없어할까.'

걱정과 한숨을 잔뜩 매달고 하루에 두세 시간씩 자전거를 타고 달렸다. 애한테 미안해서 울면서도 달리고, 애는 왜 내 말을 알아듣지 못할까 답답해하면서 숨이 턱까지 차게 한강변을 달렸다. 그러고 나면 기분이 조금 풀렸던 것 같다.

서울에서 아이를 키우는 건 만만치 않았다. 조금이라도 쉬면 뒤처지는 것 같은 불안함이 엄습했다. 복잡한 서울에서 나는 날카로웠고 남편과도 수도 없이 부딪히며 온 가족이 힘들어하고 있었다. 날카롭게 곤두서 있던 나는 남편의 예민함까지 맞춰주기에는 역부족이었다. 늘 싸울 수도 없으니 무시하고 차갑게 대하는 걸 택했고 현실을 잊을 수 있는 다른 곳으로 도망쳤다. 그림 그린다는 핑계로 화실에도 처박혀 있어 보고, 친구들에게 위로를 얻기도 했지만 해결은 안 됐다. 그러다 아이의 학교 덕에 이사를 하게 되었다.

경기도 분당 구미동 산 밑에 위치한 조용하고 나무가 많은 동네. 문을 열면 새소리와 풀 냄새가 먼저 반겼다. 집 야외 발코니에 앉아 있으면 자연 속에 들어와 있는 것 같았다. 그곳에서 나는 조금씩 정화되기 시작했다. 고요한 동네의 여유 속에서 내 마음이 위로받기 시작했다. 등하교 차편이 애매해서 라이딩은 여전히 해야 했지만 막히지 않는 뻥 뚫린 길을 5분도 안 가서 내려주고 카페 테라스에 앉아 책을 읽고 커피 한 잔을 마시는 호사를 누렸다.

이런 여유 속에서 요가를 시작했다. 온몸을 매일 순환시키고 근력이 붙기 시작하니 아파서 쩔쩔매던 허리의 고질병도 점점 나아졌다. 아주 천천히, 나조차도 눈치채지 못하게 점점 부드럽고 다정해졌다. 스스로 바꿀 수 없다면 환경이라도 바꿔야 한다는 말이 맞는 것 같다. 6.6제곱미터(두 평)짜리 발코니가 나를 살렸다. 마흔에 내 인생은 비포장도로에서 포장도로의 길로 접어들게 되었다.

요가를 하게 된 시기와 자연과 가까이 살게 된 시기가 맞물려 더 큰 시너지가 났던 것 같다. 어릴 때부터 식물을 좋아하고 키우는 걸 즐겼는데 여전히 난 자연에 가깝게 있을 때 훨씬 생기 있고 행복하다.

지금은 다시 서울로 돌아와 산다. 공원이 3분 거리에 있어서 그나마 만족하지만 가끔 그 조그만 발코니의 파라솔 밑에서 키우던 식물과 꽃들, 하늘, 눈부시던 석양, 밤 산책길에 코를 간질이는 어느 집에서 피우던 장작 타는 냄새, 시골 동네처럼 고요한 길들까지 모든 게 사무치게 그립다. 어쩌면 그 시간이 있어 지금을 잘 살아가고 있고 앞으로도 그 힘으로 살아갈 것 같다.

※
혼자 있기 좋은 요가 룸

식구들과 함께 쓰는 집에서 늘 매트를 들고 이리저리 떠돌던 서러움 때문에 요가를 할 수 있는 텅 빈 방을 하나 갖고 싶었다. 식구들이 밥을 먹는 식탁 옆에서 나는 매트를 펴고 요가를 하는 것도 좋고, 요가 한다고 낑낑대는 내 옆에서 딸이 줌바 댄스를 추는 것도 좋지만 그래도 햇살 잘 들고 따뜻하고 차 한잔하기 좋은 고요하고 평온한 공간이 하나 있었으면 했다.

이사를 하며 가장 먼저 만들고 싶다고 생각했던 공간

을 큰맘 먹고 만들었다. 내 나이만큼 오래된 집이라 인테리어를 새로 해야 했는데 다른 건 다 안 하더라도 이 방만은 꼭 만들고 싶어서 식구들에게도 양해를 구했다. 부모님이 오시면 요를 펴고 주무실 수도 있다는 핑계를 댔지만 내가 좋아하는 마루를 꼭 깔고 싶었다. 따뜻한 색의 벽지를 바르고 창가에서 차를 마실 수 있게 단을 높여 공간도 분리했다. 혼자만의 방, 숨어 있기 좋은 방이 만들어졌다.

집에 있어도 내 공간은 식탁 위거나 베란다 테이블이었다. 이 나이가 되도록 나만의 공간이 없다는 게 괜히 억울할 때도 있었다. 이제 로망의 요가 룸이 생겼고, 이 방에 들어와 문을 닫으면 나는 완전한 혼자가 된다. 하루를 열심히 보낸 것 같지만 쳇바퀴 같은 일상이 무의미하게 간 것 같아 불안할 때 매트 위에 선다. 내가 어떻게 숨을 쉬고 있는지 몸이 얼마나 긴장해 있는지 체크해 본다. 눈을 감고 천천히 호흡하며 타이트해진 몸이 이완될 때까지 기다려준다. 가동 범위를 조금씩 조금씩 천천히 늘리며 몸의 근육을 구석구석 제대로 써본다. 잘될 때도 있고 잘 안될 때도 있다. 그래도 요가 룸에 20분이라도 머물다 나온 날은 더 나은 내가 된 것 같다. 어른이 된 우리가 스스로에게 줄 수 있는 가장 큰 선물은 때때로 기꺼이 혼자임을 완전히 누리는 것이라는 것도, 이 요가 룸 덕분에 알게 되었다.

　창밖이 나뭇잎으로 가득 찰 때 날이 좋으면 요가 룸 창문을 활짝 연다. 벌레가 들어오건 말건 바깥 풍경을 날것으로 즐긴다.

　향이 깊고 짙은 보이차를 꺼내 와 포트에 물을 붓고 끓이기 시작한다. 어느 잔으로 마실까…… 그래, 오늘은 이거. 립이 얇아 내 입술에 닿는 촉감이 좋은 것으로 고른다. 찻잔 속 여유로운 산수 풍경도 함께 마시고 싶다. 차함을 열어 보이차 덩어리를 해궤(차 덩어리를 작은 크기로 자르는 일)하면 차향이 코끝에 스친다.

바람에 쓸려온 향부터 머금어본다. 뜨거운 물에 차를 한 번 씻어낸다. 더러움이나 먼지를 씻어낸다는 의미도 있지만 바싹 말라서 붙어 있던 찻잎이 잘 우러나게 해주는 과정이기도 하다. 버리는 물로 잔도 자사호도 데우면서 방 안에 은은한 차향도 퍼뜨린다. 정성 들여 우려낸 첫 잔이 제일 진하고 맛이 좋을 것 같지만 두 번, 세 번 우려낼 때 진짜 부드럽고 맛있는 차가 우러난다. 보이 숙차를 마시면 뱃속부터 뜨끈해지며 찌뿌둥했던 몸도 부드럽게 풀어지고 마음도 차분히 가라앉는다.

틀어둔 명상 음악을 따라 그 길로 명상이 하고 싶어진다. 시원한 산들바람에 차향이 어우러지고 고요히 숨을 쉬며 명상에 들어간다. 한 20분 명상을 하고 나면 시야도 깨끗해지고 머릿속도 맑아진다. 하고 나면 이렇게 좋은걸, 매일은 못 하더라도 되도록 시간을 내 이른 아침을 차분하게 시작하는 거다. 나도 모르게 커피를 내리는 날도 있지만 그것도 괜찮다. 요가 룸에서 오

롯이 내 기분 따라 즐기는 시간들 덕분에 행복 지수가

높아졌다.

4

＊

＊

나이테가 드러나도

※

마음이 요동치는 날

나이는 속일 수가 없는 건가. 요즘 친구들을 만나면 갱년기가 대화의 주인공인데, 내게도 그 유명한 갱년기 증상 중 하나가 나타난 건지 시도 때도 없이 자꾸만 감정이 요동친다. 아무것도 아니라고 지나갈 수 있는 일에도 쉽게 상처를 받는다. 저 사람만의 잘못인가 아니면 나의 예민함 때문인가 고민도 해본다. 가까운 사람, 특히 남편이 하는 행동에도 예전 같으면 지나칠 일인데 서운한 마음이 들고, 자존감도 떨어진 것 같다. 평소의 내가 푸르른 나뭇잎과 햇살을 즐길 수 있는 2층 높이였다면, 요즘의 나는 어둡고 습기 가득한 지하 3층 정도인 것 같다. 가만히 있다가도 괜히 나를 의심하기도 한다. 다른 사람에게 서운했던 감정의 화살을 나에게 돌리면서 마음이 더욱 편치 않다.

기분 전환 겸 어제는 좀 걷고 싶어서 밤에 산책을 나섰다. 남편이 같이 걸어줬는데 위로받고 싶어서 내가 하는 얘기마다 "네가 지금 그럴 때야.", "당신 나이 때 사람들이 그래." 하며 내 갱년기에 방점을 찍는 소리를 해대니 그 말에 더 울컥해졌다. 기대한 내가 바보지.

오십 년을 살아오면서 내 마음이 이렇게 요란하게 나댄 적이 없다. 마음이 문제가 아니라 호르몬 때문인 게 맞는 것 같다. 너무 신경 쓰고 휘둘리지 말자, 마음을 다잡는다.

마음이 요동칠 때 내가 할 줄 아는 건 딱 이것밖에 없다. 요가와 명상. 편안히 호흡하며 몸을 먼저 연다. 부정

적인 감정들이 파고들어 긴장하고 굳어 있던 몸에서
힘을 빼본다.

　나만 바라보기.

　나에게만 집중하기.

　그리고 떨어져서 바라보기.

　머물기.

　참아보기.

　기다려보기.

　칭찬해 주기.

　마음이 들볶일 때는 집중해서 몸을 쓰고 좋은 에너지
를 순환시키는 것만으로 무거웠던 머리가 가벼워질 때
가 많다. 익숙한 구령과 그 에너지와 거기에 집중해서
머물렀던 시간만으로도 한결 좋아질 수 있다.

　생각나는 동작들로 몸이 가는 대로 움직였더니 갑자

기 졸음이 찾아와서 매트 위에서 그냥 자버렸다. 졸음
이란 녀석은 찾아왔을 때 바로 반기지 않으면 금세 달
아나기에 갱년기의 나는 졸음에게 전에 없이 더 귀한
손님 대접을 해주는 중이다. 이렇게 이 시간들도 지나
가겠지.

※

몸을 공평하게 쓰는 일

50세가 되고부터 크고 작은 부상이 시작되었다. 그 전에는 아파도 하루이틀 좀 욱씬거리다 괜찮아졌는데 몸이 예전 같지 않다는 게 느껴졌다. 여름이 물러가고 가을이 오듯이. 요가를 하면서 선생님이 힘을 주라는 곳에 힘이 안 들어가기 시작했다. 그래도 나는 흔들리는 몸의 중심을 잡고 초집중으로 버틸 때의 희열을 사랑하기에 요가를 멈출 수 없다. 선생님이 구령하는데 안하고 쉬는 건 내 성격상 허락이 안 된다.

　요가 동작 아사나 완성에 매달리는 동안 점점 고관절

이 버티는 힘을 잃어가고 있었나 보다. 젊을 때는 관절을 좀 심하게 쓰고 근육이 파열되거나 힘줄이 늘어나도 금세 회복이 가능하다. 재생이 잘되는 것이다. 갱년기가 오니 관절과 근육에도 노화가 찾아오고 회복이 더디다.

하루는 무릎을 굽히고 왼쪽 고관절을 밖으로 돌려서 앉아 있는 바라드바자 B 자세가 안 되기에 손으로 살짝 밖으로 돌려 누르고 앉아서 TV를 봤다. 그렇게 하면 자세가 좀 부드럽게 잘되지 않을까 싶었다. 아팠으면 안 했을 텐데 아프지 않았다. 한 15분 앉아 있다가 이제 일어나야지 하고 자세를 풀었는데 발이 디뎌지지 않았다. 머릿속이 하얗게 질려서 병원에 갔더니 고관절에 염증이 생긴 상태란다. 나이 들어 시작한 운동이라 조심한다고 했는데도 내 몸은 생각보다 노화가 많이 진행되었나 보다. 받아들였다고 생각했지만 몰랐던 거다. 내 몸이 정확히 어떤 상태인지.

요가를 당장 그만둬야 했다. 내 등 근육! 내 복근! 내 전거근! 간신히 완성한 아사나! 모두 안녕이었다. 병이 오는 건 급작스러워도 물러가는 건 정말 천천히다. 근육은 그 반대다. 근육을 탄탄하게 쌓는 데는 엄청난 시간과 노력을 들여야 하지만 조금만 방심하면 순식간에 물렁해지면서 사라져버린다. 야속하게도.

그동안 그랬듯이 조금 쉬면 되겠지 싶었지만 한 달 두 달 기간이 늘어졌고 어느 순간 안 되겠다 싶어 몸에 대해 공부하기 시작했다. 책을 읽고, 유튜브 강의도 파보고, 근육에 관해서 전문적으로 치료해 주시는 선생님을 찾아보았다. 물리치료사나 정형외과 의사 선생님의 관점으로 내 몸을 찬찬히 분석해 보았다. 내 몸 상태를 알고 균형을 맞춰가면서 요가를 하려는 마음에 시작한 재활 운동과 해부학 공부. 나는 평생 몸의 왼쪽을 제대로 안 쓰고 오른쪽으로 모든 걸 해결하고 있었다는 걸 알게 됐다. 원래 몸이 틀어져 있는 건 알고 있었다. 왼쪽이 약하다는 것도. 그래도 일상생활하는 데 큰 문제가 없으니까 별로 신경 쓰지 않았는데 걸을 때조차도 왼쪽 근육은 잘 못 쓰고 있었던 거다. 엉덩이 근육을 제대로 못 쓰니 다른 근육들이 동원되어 피로도가 높았던 거라고 한다. 돈이 없다고 이자율 높은 사채를 끌어다 쓰는 꼴이라는데, 이런 사람이 태반이라는 것도 알게 되었다.

얼마 전 같이 여행을 떠난 언니들과 숙소에서 몸 풀기 요가를 했다. 한 언니가 "차투랑가랑 업독 하고 나니까 이쪽이 너무 아파. 왜 그러지?" 하며 어깨를 가리켰다. 앉아 있는 자세가 아프다는 어깨 쪽으로 완전히 기울어져 있었다.

"언니, 밸런스가 완전 무너져 있어. 동작을 할 때 느껴봐. 업독 할 때 어느 팔로 밀고 있는지. 힘을 많이 주고 있는 쪽이 아픈 거야."

왼쪽, 오른쪽 필요한 근육을 맞춤으로 골라 몸을 공평하게 쓰는 게 참 어렵다. 일어났다가 앉는 순간이나 물건을 드는 찰나에도 공평하게 힘이 들어가지 않고 내가 잘 쓰는 쪽에 힘을 주고 있다. 한쪽에 과도하게 힘을 주고 한쪽으로 지탱하고 있는 몸은 아플 수밖에 없다. 좋아하는 일을 오랫동안 열심히 하려면 근육부터 패턴화해야 한다. 무턱대고 덤비기보다 기초 튼튼이 먼저라는 쉬운 이치를, 공부하며 배우고 있다.

시련은 다른 문을 열 수 있는 기회

시간의 힘을 인정하고 나이테를 소중히 여기게 되니, 나이가 든다는 게 무작정 서럽지만은 않다. 다치고 나서 내가 어쩌다 이렇게 됐나 진지하게 생각하고 있다. 열심히 갈고닦아 완성했던 아사나가 안 돼서 속상해했더니 선생님은 다른 말을 한다.

"다리는 올라가지 않았지만 가슴은 엄청 잘 열렸어요. 그러니까 다리가 여기에 머물러도 괜찮아요."

"괜찮다." 이 얼마나 좋은 말인지.

어려운 일이 닥칠 때마다 난 자존감이 먼저 낮아졌다. 두려움도 되게 크고. 포기하고 싶어서 안 되는 이유만 종일 찾았던 것 같다. 요즘엔 포기하고 싶은 나를 느끼고 발견할 때마다 수정하는 작업을 하고 있다. '괜찮다'는 마인드컨트롤과 명상이 나를 돕고 있다. 그래도 다시 생각할 수 있는 힘을 가진다는 건 빨리 일어설 수 있는 힘이 있다는 거다.

오늘도 부상에 겁먹지 않고 근육 강화 운동을 계속하고 있다. 요가를 다시 잘 하기 위해 시간을 내어 몸에 안정성을 높이는 운동을 시작했다. 약해져 있는 근육을 보강하려 코어 힘을 기르고 허벅지와 둔근 강화 운동에 매진한다. 나이 들수록, 몸의 균형이 틀어질수록 유연성을 늘리는 것보다 근육 강화 운동을 두세 배 더 열심히 해야 살 수 있다. 근력 운동은 재미없기로 손꼽히지만 어쩔 수 없다. 좋아하는 요가를 하려면 기초체력부터 다시 기르고 익혀야 하는 걸. 나이 오십이 넘으면 운동 천재는 없고 허벅지 운동, 둔부 운동, 어깨 운동을 열심히 한 사람만이 살아남을지도 모른다. 고관절, 코어, 허벅지와 엉덩이 힘은 꼭 운동하는 사람만이 아니라 건강하게 움직이고 싶은 모든 사람이 신경 써야 하는 부분이다.

요가 할 때는 좀 더 세밀하게 좀 더 천천히 동작을 구현하려고 노력하게 된다. 구령에 못 맞추더라도 조급해하지 않는다. 남들보다 더 천천히 가도 괜찮다. 그렇게 해야 내가 몸을 어떻게 쓰는지가 정확하게 보이니까. 부상에서 회복이 더디지만 서두르지 않는다. 하고 싶은 욕망이 마음을 잡아먹을 때, 내 실력을 넘어설 때 다치게 되니까. 잘 될 때 조심 또 조심해야지. 운동할 때는 약한 자신을 먼저 느껴야 더 강해질 수 있다고 한다. 아플 때는 무리하지 말고 당당하게 쫄보가 되어 기본부터 다져보자.

요가를 하면서 알게 되었다. 오래도록 진득하게 꼼꼼하게 무언가를 해낼 수 있는 에너지가 내게도 있었던 거다. 내가 가지지 못한 거라고 생각했는데 실은 내 안에 있었던 것들을 발견하는 일. 뿌듯하고도 감사하다.

2주가 넘어가니 뭔가 점점 달라지기 시작한다. 코어 힘이 훨씬 좋아지는 걸 느끼고 둔부의 힘이 생기면서 허리 통증도 현격히 줄어들었다. 내가 다치지 않았다면 몸에 대한 공부도 움직임에 대한 이해도 근육의 정상화와 안정성에 대한 배움도 시작하지 않았겠지.

시련이 선물이라는 말. 시련은 다른 문을 열 수 있는 기회라는 말.

희망차다.
발바닥이 간질간질하다.
생명력이 느껴진다.

✳

감사하는 마음

괜찮다고 잊어보려고 해도 불쑥불쑥 무서움에 휩싸인다. 범상치 않다고는 생각했지만 MRI 사진 속 하얀 주머니는 결국 난소의 물혹이었다. 근데 단순한 물혹이 아닐 수 있단다. 의사 선생님은 최대한 차분하게 이성적으로 사례들을 말해 주었지만 목울대가 뜨거워지고 솟구치는 눈물을 꿀꺽꿀꺽 삼켜야 했다.

   의사 선생님의 얘기가 무성 영화처럼 소리는 자꾸 멀어지고 그녀의 입과 눈에 온 감각이 고정되었다. 표정에서 뭘 숨기고 있는 건 아닐까? 무슨 노력을 하고 있나 파악하려 애쓰는 내게 슬픔도 아니고 두려움도 아닌 당혹스러움, 그리고 아주아주 먼 곳의 '죽음'이라는 기운이 스윽 스치고 지나간 것 같다. 혹여나 내 감정을 들킬세라 시선을 이리저리 돌리며 감정을 추스렸다.

딸이 옆에 있어서 더욱 그랬다. 내가 흔들리고 충격을 받으면 아이가 겁먹을 거 같아서 진료실을 나와 왈칵 쏟아질 것 같은 눈물을 감추려 소변이 급한 척 화장실로 갔다. 그리고 문을 닫고 기대어 서서 휴지로 눈물샘을 누르며 소용돌이치는 내 마음을 꾹꾹 눌렀다. 아직 결과도 모르고 악성이 아닐 수도 있는데 미리부터 호들갑 떨지 말자. 어지러운 마음을 마음 저 뒤편으로 던져놓고 문을 닫아버렸다. 그러니 또 괜찮아졌다. 집에 와 허기진 속에 뭔가를 넣으려 하는데 맛이 안 느껴진다. 약간의 음식으로 속을 달래고 그대로 누워 잠이 들었다. 끙끙 앓는 소리가 나올 만큼 자면서도 힘이 들었다.

아침에 일어나 검사 결과 괜찮냐는 남편의 물음에 얼버무려 버렸다. 검사 결과가 나온 뒤 해도 되는 고민을 미리 하게 하고 싶지 않았다. 아무 일이 아니면 좋겠지만 혹시 무슨 일이 있다고 해도 괜찮다. 연이은 부상이라 생각하면 되고 또 잠시 요가와 운동을 할 수 없는 정도라고 치부하기로 했다. 걱정이라면 이 소식을 들은 부모님이 그 연세에 놀라 아프실까 그게 제일 문제다.

경치 좋은 조용한 카페에서 내 맘을 풀어보기로 했다. 글로 쓰고 나면 한결 편해질 것 같아서. 글을 쓰려고 볼펜을 들었을 땐 목울대가 뜨끔뜨끔했는데 시간이 지나니 좀 괜찮다. 결과를 받기 전까지 좀 바쁘게 지내고 가능하면 혼자 있지 말아야겠다. 가뜩이나 갱년기 호르몬 이상으로 자꾸 울컥하는데 엎친 데 덮쳤구나. 마음이 요동치고 머리가 복잡하니 또 펜을 잡게 된다. 누군가에게 말하는 것보다 글로 토로하는 게 마음이 편해서 좋다.

검사 결과 음성! 3개월 후에 사라지지 않으면 수술로 제거하면 된단다. 며칠간을 우울 모드로 보냈는데, 괜히 좀 쑥스럽다. 이렇게 또 감사의 마음 하나를 얻게 되었다.

그로부터 3개월 후, 감쪽같이 물혹이 사라졌다. 자그마치 5cm짜리가 두 개였는데……. 이 말도 안 되는 갱년기 호르몬의 장난이 내 몸을 들었다 놨다 한다. 그래도 야호~! 무조건 좋아서 비명을 질렀다.

나이테를 받아들이기까지

〈조선의 사랑꾼〉 방송 촬영 후 감사하게도 찾아주시는 분들이 있어서 연달아 잡지 표지, 화보를 찍었다. 오랜만이니 이쁘게 나오고 싶은 맘이 간절했지만 나이는 노화와 함께 나에게 찰싹 달라붙어 있다. 평소엔 피부과 가는 것도 귀찮아하고 마사지는 요가 시작 후 저절로 끊게 되었다. 카메라 앞에서는 나이를 속일 수 없다는 걸 알고 있기에 평소에 관리를 좀 하긴 해야 하는데 그게 또 쉽지가 않다.

사실 피부과는 안 가는 게 아니라 못 가는 게 맞다. 요 몇 년 사이 촬영이 잡히면 시작하기 전 피부과에 급히 갔다가 꼭 작은 탈이 나곤 했다. 몇백 샷의 울세라, 서마지를 하고는 턱이 볼거리 걸린 사람처럼 붓거나 부은 채 굳어서 안 움직이거나, 콜라겐 재생을 시켜준다는 주사를 맞았을 때는 3주 후 얼굴이 퉁퉁 붓는 부작용을 겪었다. 턱 보톡스를 맞았는데 한쪽이 마비가 돼서 웃으면 아수라 백작처럼 한쪽 입꼬리만 올라가는 기괴한 얼굴이 되기도 하고. 걸어 다니는 부작용 케이스라고 해야 하나? 돈 들이면 안 되는 얼굴이라고 변명도 해보지만 평소 꾸준히 관리 안 하고 일이 생기면 닥쳐서 갑자기 하니 그런 거라며 핀잔을 받아도 할 수 없다. 나도 안다. 그래도 배우인데 피부 관리에 관심도 갖고 부지런해야 한다는 걸.

사실 요가를 시작하고는 피부과나 마사지 이런 것에 생각이 미치질 않았다. 수련 후 발그스레 상기된 얼굴을 거울로 볼 때면 건강함이 넘치니 이뻐 보였다. 방송 화면에 나갈 게 아니니 그걸로 충분했던 거다.

　오십이란 나이는 피부과에서 어떤 시술을 해도 가려지지 않는 나이테가 드러난다. 실로 잡아 올리든, 바늘로 콕콕 찌르든 그렇게 관리해서 팽팽해진 얼굴에도 나이는 쉽게 가려지지 않는다. 그래도 연륜에서 우러나는 성숙함, 안정감 등 젊음으로는 흉내 낼 수 없는 분위기가 조금 더해졌으리라. 이걸 마음 깊이 받아들이기까지 시간이 좀 필요했다.

✳

등 근육이 말해 주는 것

오십이 넘으니 신체 나이와 머릿속의 내 나이가 딸깍 합을 맞춰준다. 나이가 들면서 점점, 부족하면 부족한 대로 모든 것이 투명하게 드러나도 좋다고 생각하는 편이다. 웃을 때 주름이 좀 보여도 이제 내 마음이 편해 졌다.

　요가 수련 덕분에 요즘 내 몸은 내 평생 중 가장 군살 이 없는 상태라 촬영용 의상이 잘 맞는 편이다. 포즈를 취하기도 자유롭고 편하니 촬영 현장 분위기도 덩달아 좋아진다. 현장에 있던 스태프들의 칭찬에 "요가 덕분인가?" 하니 여기저기서 나도 요가 해야겠다고 맞장구를 친다.

등이 드러나는 옷을 입고 뒷모습 사진을 찍었다. 거울을 보며 수련을 해도 등을 가만히 바라볼 일이 별로 없는데 사진을 보니 젊었던 시절보다 더 곧고 탄탄해 보인다. 촬영을 하며 '아~ 요가를 꾸준히 했던 그 시간들이 이런 의상을 입고 카메라 앞에 섰을 때 나를 당당하게 해주는구나.' 하는 마음이 들며 공백 기간 동안 무너지지 않고 잘 살고 있었다는 걸 증명해 주는 것 같아서 진짜 감사했다. 이제부터 지금이 전성기라 믿으며 살아야겠다.

내 등을 이렇게 만들어준 아사나 이름이 줄줄이 떠오른다. 시상식 소감처럼 격하게 감사 인사라도 하고 싶은 마음이다.

부장가 아사나

시르사 아사나

핀차 아사나 간다베룬다

시르사바다

브르스치카

바카사나

쿠쿠타아사나

차투랑가 변환 동작들.

역시 세월도 수련도 날 배신하지 않는다. 가끔 이렇게 신바람 나서 일을 하고 있으면 '나 이 일이 잘 맞나?' 다시 돌아보게 된다. 젊은 날 너무 긴 시간 동안 갖은 핑계를 대며 나의 직업이자 이 신바람 나는 일들을 멀리했었다. 뒤늦게 천천히, 몰랐던 나를 발견해 가고 있다.

✳

평생 친구, 차茶

그윽한 흙갈색. 아주 섬세하고 예민한 나만의 중국식 티포트, 자사호를 들였다. 요즘 나의 요가 룸에서 가장 사랑받는 존재다. 조금만 힘을 주면 바스라질 듯이 얇지만 맛있게 차를 우려낸다.

차는 잘 모르는 분야였다. 차를 좋아하는 사람이 내려주면 한잔 홀짝 맛있게 먹는 정도로 족했다. 커피는 즐겨 마셨다. 물을 끓이고 온도를 맞추고 입맛에 맞는 원두를 고르고, 매일 똑같이 반복되는 동작도 즐거웠다. 내가 마음이 어지럽고 무거운 날은 손의 힘 조절부터 잘못됐는지 커피 맛도 다르게 느껴졌다. 커피 맛이 달라지는 게 너무 재미있어서 한동안 아침에 눈뜨자마자 커피부터 내렸다.

그러다 요가원에서 차를 만났다. 하타 요가를 마치고 나면 이어지는 차담 시간. 매번 기다려질 정도로 차가 '맛있는' 시간이었다. 난 이제 수업 마치고 제일 먼저 뛰쳐나가는 초보 시절의 소심한 '맨 뒷줄이'가 아니다. 수련을 마치면 선생님을 중심으로 둘러앉는다. 노련한 팽주*답게 선생님은 우리 모두에게 눈을 맞추며 이야기를 나누면서도 숨 쉬듯 능숙하고 익숙한 손놀림으로 찻잔을 데우고 다시 따라내 차를 우린다. 여럿이 나눠 마시는 차를 작은 잔에 따라 한 모금씩 홀짝이다 보니 선생님의 손은 쉬지 않고 차를 내린다.

자사호에 물을 따라 붓고 다시 컵과 다기에 따르는 노련한 움직임. 그런 선생님이 너무 멋있어 보였다. 나

* 차를 준비하고 우려서 손님에게 대접하는 역할을 맡은 사람.

도 제대로 차를 마셔보고 싶다는 마음이 보글보글 끓어올라 도구부터 다 주문했다. 남편에게 마침 좋은 보이차가 있었다. 보이차를 식칼로 막 뜯었다가 무식하다고 야단맞고 제대로 내리는 차를 맛보러 가기로 했다. 궁금하고 알고 싶은 마음이 들면 배우면 된다. 숨은 고수들을 만나는 재미가 일상에 윤기를 더해 준다.

음식에도 조예가 깊고 차를 늘 즐기시는 선재 스님이 소개시켜 준 경기 양평의 명성다원에 찾아갔다. 차 박물관이라고 해야 할 멋진 공간에서 설명도 듣고 차도 마시고 신중하게 찻잎도 골랐다. 내 생일 기념으로 자사호도 마련했다. 한눈에 반했다. 색과 선, 질감이 너무 좋아서 바라만 보고 있어도 흐뭇하고, 만져만 봐도 신기했다. 이제 나의 다기들이 매일 우려내는 차향을 켜켜이 머금고 은은한 광택을 띠겠지.

집에 돌아와 선생님이 가르쳐주신 방법대로 내려서 마셔보니 분명 같은 찻잎인데도 선생님이 만들어주던 그 맛이 아닌 것 같았다. 그래도 혼자서 우직하게 계속 내려 마셔본다. 요가 룸에서 수련을 마치고 마시는 차 한잔의 생활이 나에게 여유를 더하는 것 같아서. 요가 하기 전에 보이차를 한잔 마시면 뜨끈하니 몸이 좀 릴랙스 되는 느낌이다.

사 온 차를 다 마시고 다시 명성다원을 찾아갔다. 또 와서 반갑다고 귀한 차를 내어주셔서 딱 한 모금을 넘겼는데 가슴속에서부터 뜨끈뜨끈 열이 올라왔다. 향이 말로 표현할 수 없이 깊고 진하다. 보통 4~5번 우리면 그만인데 좋은 차라서 10번을 내려도 맛이 그대로였다. 내가 내리는 차와는 맛이 천지 차이였다.

요즘 나는 『건너가는 자』라는 책을 다시 읽고 있는데 스토리 전개를 따라가는 소설이 아니어서 그런지 읽을 때마다 뜻이 다르게 다가온다. 읽으면서 의문을 가졌던 구절이나 표현이 조금씩 내게 맘을 열어주는 것처럼. 책장이 잘 넘어가지 않는데 그래도 너무 좋은 책이라는 게 느껴져 계속 들추게 된다. 책에서 "세계를 내가 정해 놓은 상으로 바라보지 않고 있는 그대로 대하는 태도를 가지라."는 내용에 밑줄을 그었다. 차 마시는 걸 괜히 다도라고 하겠나. 차를 내리는 사람과 그 차를 함께 나누는 사람들과의 합으로 마시는 거지. 찻잎뿐 아니라 찻물의 온도, 우리는 시간, 같이 마시는 사람들, 이 모든 것이 차 맛을 좌우한다.

차, 평생 같이할 친구 하나를 알게 됐다고 생각하고 천천히 같이 가기로 한다.

※

평생 친구, 책과 음악과 여행

아무리 숨 막히는 더위도 해가 꺾이면 선선해진다. 오
소소 쌀쌀하기까지 하다. 시간이 지나면 제아무리 뜨
거운 해도 수그러지듯이, 날카로운 마음도 내 자존심
도 수그러지고 잘났던 열정이 세상과 조화하려 한다.
좋을 때도 힘들 때도 도망치고 싶을 때도, 다 지나간다.
그 찰나가 지난 후 몰려오는 쓸쓸함도 충분히 경험해
봤다. 나이를 먹는 장점이기도 하다. 겸손해지면 편안
해진다.

‘최인아 책방’에 책을 사랑하는 사람들이 연주를 들으려고 모였다. 브루흐의 ‘로망스’, 슈베르트의 ‘겨울 나그네’, 피아졸라의 ‘그랑 탱고’. 겨울과 딱 어울리는 선율들을 즐기고 나와서 밤하늘을 가만히 바라보았다. 서울의 화려한 조명 아래 별빛은 거의 보이지 않지만 하늘 저 너머에는 그 눈부신 은빛 꽃들이 무수한 밝은 별들로 부서져 있을 것이다. 구름에 뒤덮여도 그 너머에 빛나고 있다는 걸 아는 것만으로도 만족이 된다. 더 젊었다면 음악을 듣고 부풀어오른 마음에 당장 별을 보러 차를 달렸겠지. 깊은 산 높이 높이 올라가 하늘의 별을 봐야 직성이 풀렸겠지.

나이 들수록 나의 가장 좋은 친구는 책과 음악과 여행, 요가가 됐다. 베개만 하던 아이는 어느새 커서 내 품을 훌훌 떠나고, 한동안 좋은 친구였던 남편도 일본어 공부와 새로운 취미 생활로 바빠서 같이 밥 먹을 시간도 없다. 그러니 이들이 있어서 다행이다. 책은 내가 얼마나 세상을 몰랐는지, 아직도 얼마나 모르는 게 많은지 알게 해준다. 나에게 딱 필요한 조언이나 듣고 싶은 얘기도 책에서 듣게 된다. 음악과 여행은 일상의 익숙함에서 한 발짝 벗어날 수 있게 해준다. 요가는 나를 붙잡아 준다. 삐그덕거리는 몸과 탈출하려는 정신을 단단히 붙들어 매게 해준다. 외로울 때 항상 곁을 지켜주고 심심할 때 놀아주고 공허할 때 삶의 의미를 알려준다. 말할 수 없는 고요함 속에서 전에 가본 적 없는 길을 가게 해준다.

사람들과 함께 어울리는 것도 좋지만 나이 들수록 혼자의 시간을 잘 보내게 해줄 친구가 필요하다. 이 친구들은 취향이 맞는 사람들과 함께 나눌 수 있게 해주는 오작교 역할도 마다하지 않는다. 배신도 없다. 이별도 없다. 깊이 사귈수록 오직 내 편인 친구들. 앞으로도 잘 지내보자.

※

요가 하고 달라진 여행

일 년에 몇 번씩 훌쩍 여행을 떠나는 걸 좋아한다. 말 그
대로 '훌쩍' 떠나다 보니 별 준비 없이 떠날 수 있는 가까
운 여행지가 대부분이다. 그렇게 떠난 여행지에서 요가
원을 찾아가는 것도 나의 즐거움 중 하나. 더운 나라에
서 가벼운 마음으로 들르는 원데이 클래스는 여행지에
서의 놓칠 수 없는 재미다. 모던하고 세련된 요가원도
좋지만 자연 친화적으로 만들어 오두막처럼 사방이 트
이고 그 사이로 산들산들 바람이 불어 땀도 식혀주고
바람이 날 어루만져 주는 샬라 shala* 도 너무 사랑한다.

예전 나의 여행들은 어땠던가. 유명한 관광지를 찾아보거나 먹고 마시는 데 집중하다 쇼핑하고 저녁에 술 마시는 일정이 대부분이었다. 요가를 한 이후로는 여행이 좀 달라졌다. 일단 여행지의 요가원을 검색한다. 다행히 비행기가 닿는 곳에 요가원이 없는 곳은 거의 없었던 것 같다. 숙소도 요가원에서 가까운 곳으로 잡는다. 늘 쓰던 요가 매트도 여행 파트너로 꼭 챙긴다. 여행지에 도착한 다음 날 아침이나 저녁에 요가원을 먼저 다녀온다. 여행의 의식 같은 거다. 어디서든 요가를 하는 게 나에게 잘해 주는 것 같아서 마음이 든든하고 편안하다.

특히 발리로 여행을 가서 요가를 안 한다는 건 최고의 경험을 놓치는 아까운 일이다. 발리 스미냑에 도착

---

* 샬라^{shala}: 요가에서 '샬라'는 요가 수련을 위한 전용 공간이나 스튜디오를 뜻한다. 이 단어는 산스크리트어에서 유래된 단어로, 본래 '집', '공간', '학교' 등의 의미를 가지고 있다. 따라서 요가 수업이나 개인 연습을 위한 장소를 '요가 샬라'라고 부르는 경우가 많다.

해 요가 매트를 들쳐 매고 강렬한 태양이 내리쬐는 동네의 골목골목을 구글 지도에 의존해 걷고 또 걷는다. 몸은 이미 땀범벅이 되었으니 워닝업은 끝. 요가원에 들어서 바람이 통하는 맨 뒷자리로 자리 잡았다. 요가 매트를 가져온 건 나뿐이어서인가 다들 쳐다보았지만 시선에 아랑곳하지 않고 늘 하듯 바즈라사나로 앉아 명상을 했다. 시작 시간이 되자 너무나 떠들던 앞자리의 여자분이 모두 단다아사나로 앉으라고 하면서 수업은 시작되었다.

　이런 휴양지에서의 요가원은 체험하고자 오는 초심자들의 비중이 많다 보니 레벨은 중하 정도다. 깊은 단계로 들어가기 힘든 원데이 클래스여서 아쉽긴 하지만 그 나라만의 바이브를 느낄 수 있어 그것대로 좋다. 빈야사 플로우였고 오랜만의 빈야사여서 처음엔 허겁지겁 따라 하기 급했다. 어느 정도 패턴을 읽게 되고 다시 내 호흡으로 집중하기 시작했다. 땀이 매트에 뚝뚝 떨어져 매우 힘든 듯 보일 수도 있지만 실은 별로 안 힘들었다. 동작 안에서 머무는 하타 요가를 하다가 계속 흐르듯 이어지는 플로우 요가는 너무나 즐거웠다.

　여행지 요가원에서의 원데이 클래스는 정규반과 달리 싱겁고도 맵다. 다들 얼추 따라오는 것 같으면 선생님이 뒷부분에서 강도를 높인다. 한두 명씩 지쳐 매트에 쓰러지기 시작하자 선생님은 할 수 있다며 부추기며 칭찬해 주었다. 슬렁슬렁 하는 것 같지만 구령은 외국어고 날은 덥고 땀이 쏙 빠진다. 요가에 푹 빠진 사람끼리는 서로를 알아보게 마련. 클래스가 끝나고 나면 선생님이나 옆자리 여행자들이 "You're good.", "How long~?" 하며 스스럼없이 인사를 건네 온다. 영어로 누가 말 시키는 건 어려운 일이지만 요가 얘기는, 에너지 넘치는 요기들과의 대화는 언제나 좋다. 말문을 튼 김에 어디가 재미있는지, 다른 가볼 만한 요가원이 있는지, 마사지 잘하는 곳이나 맛있는 곳 추천도 받아 여행력을 업그레이드한다.

숙소 근처에 요가원이 없을 땐 숙소의 헬스장으로 간다. 헬스장의 신나는 음악도 요가 하기에 나쁘지 않다. 헬스장에 가보면 아침 뷔페 식당에서 마주친, "오!" 하는 감탄이 절로 나올 만큼 내 눈길을 잡아끌던 멋쟁이들이 몽땅 와 있다. 1시간 동안 땀을 뻘뻘 흘리면서 숨 가쁘게 운동을 하고 샤워하고 옷 갈아입고 놀러 나가는 거다. 여행 와서도 매일 운동으로 에너지를 빡 올리고 근육을 한 번씩 정비한 다음 노는 게 여행을 훨씬 즐겁게 할 수 있는 방법 중 하나라는 비결을 다들 일찌감치 알고 있었나 보다.

기구들 사이에 요가 매트를 펼치면 외국인들이 헬스를 하며 힐끗힐끗 나를 쳐다본다. '저 아줌마 여기서 뭐 하는 거야?' 눈으로 말한다. 혼자 할 수 있는 동작으로 몸을 풀고 굴하지 않고 내 안의 나를 바라보며 나는 나만의 수련을 한다. 운동하고 길을 나서면 개운하고 가벼워져 정말로 세상이 더 다정하고 아름다워 보인다.

나를 확장하는 시간

익숙해진 환경에서 벗어나 낯설고 아름답고 살짝 두렵고 불안한, 이런 모든 감정과 에너지를 사랑한다. 얼마 전 딸이 친구와 유럽 여행을 간다기에 스케줄 짜는 걸 도와줬다. 좋았던 곳을 떠올리며 조언해 주다가 '나도 가야겠다!'는 생각이 문득 들었다. 맘먹으면 행동하는 기분파답게 다음 날 바로 티켓을 끊었다.

　일단 우리 집 둘째, 이쁜 강아지 별이를 잘 씻겨서 간식 가득 채워 엄마 집으로 데려갔다. 우리가 여행하려고 가방을 펼치면 별이는 귀신같이 안다. 눈은 슬프고 나도 데려가라며 쉴 새 없이 애교를 떤다. 뽀뽀를 10번은 해주고 인사를 하고 나왔다. 3주 가까운 여행을 어떻게 하루아침에 덜컹 가느냐며 걱정하는 엄마도 안심시켜 준다. 나를 믿으라는 게 아니라 내가 이러는 게 한두 번이냐는 체념에 가까운 안심이겠지만.

짐가방에 먹을 것을 채우는 게 우선순위다. 한국에선 별로 좋아하지도 않는 라면을 가장 먼저, 이어 비빔면, 짜파게티에 고추참치, 깻잎 같은 인스턴트식품을 가방 가득 채워서 가야 한다. 30대가 지나고서는 한식 비슷한 거라도 뱃속에 넣어줘야 여행 피로도 풀리고 힘이 난다. 그래서 장기 여행을 할 때는 호텔보다 되도록 집을 빌려 요리를 해 먹고 한다. 작은 가방 가득 음식을 채우면서 혹시 모자라면 어쩌지 걱정이다. 그리고 꼭 빠지면 안 되는 멸치볶음. 고추장 멸치볶음과 간장 청양고추 멸치볶음도 반찬통에 꽉꽉 눌러 담는다. 어릴 땐 이런 거 싸주면서 가져가라는 엄마에게 짜증을 내기도 했는데 이제는 내가 멸치를 볶고 있다. 참, 세월이.

　공항에 오면 여행객들의 들뜬 에너지로 나도 같이 설
렌다. 이런 기분이 또 여행의 재미다. 오늘 한국 사람들
다 외국 가나 싶게 언제 와도 공항엔 사람이 많다. 공항
라운지에서 라면 먹고 커피 한잔 마시고 출발하는 게
나만의 여행 루틴인데 어머나, 카드 유효 기간도 끝나
고 제휴도 끝났단다. 앱을 깔고 카드를 등록하고 어쩌
구 저쩌구 절차가 복잡하다. 예전 같으면 이럴 때 "됐
어, 그냥 나중에!" 해야 맞는데 내가 달라졌다. 그 복잡
한 절차를 다 해냈다. 심지어 실물 카드가 없어 다른 앱
에 들어가 카드 번호까지 다 알아내서 등록을 마쳤다.
예전 같았으면 상상도 할 수 없는 일이다.
　이런 순간마다 내가 참 많이 달라진 걸 느낀다. 기다
리는 것, 작고 섬세한 부분까지 조금씩 조작해 달라지
고 완성해 가는 요가 과정들이 나를 이렇게 달라지게
만들었다. 명상은 나에게 일어나는 일들에 대해 감정

적으로 대응하지 않고 그냥 사건, 현상으로 바라보고 해결해 나갈 수 있는 단단하고 부드러운 마음을 갖게 해주었다. 현재 시점에선 속상하고 절망적인 일들도 먼 미래에선 그 과정이 꼭 필요했다는 걸 인정하게 되리라는 걸 이제는 안다. 그러니 지금의 엉망진창이 꼭 나쁜 건 아니라는 거다. 이런 게 바로 긍정의 힘이지.

아니나 다를까, 이륙이 30분 넘게 지연되었다. 짜증은 내지 않기로. 짜증을 줄여야 덜 피곤하다. 노트를 펼쳐 들고 글을 쓰고 있자니 어느새 출발. 음식 냄새가 폴폴 풍겨온다. 스튜어디스분들이 웃으며 무얼 드시겠냐고 묻겠지? 대답은 늘 정해져 있다. 전 치킨과 와인이요. 기류 변화가 심한지, 글씨를 삐뚤빼뚤하게도 쓸 수없이 정도로 흔들린다. 책을 꺼내 든다. 비행기에서의 독서는 특히 집중이 잘된다. 작가의 의도와 하고자 하는 말들이 더 선명하게 들어오고 읽으면서 펼쳐지는 이미지가 눈에 선해 그림이 절로 그려진다.

첫 장을 읽다 보니 어딘지 익숙한 기억. 아, 읽었던 책이구나. 『깊이에의 강요』. 파트리크 쥐스킨트의 책은 매번 읽은 게 기억이 안 나 여행 갈 때 집어 든 적이 여러 차례다. 적당히 얇고 가벼워 최고의 여행 파트너이기도 하다. 반복 읽기는 작가의 의도에 조금 더 가까워지는 길이기도 하다. 책을 읽으며 남의 시선, 남의 평가, 나에 대한 불신, 인정 욕구, 자존감 등 요즘 계속되는 나의 화두가 머릿속에서 빙글빙글 맴돌며 자리를 찾고 있다.

『깊이에의 강요』는 충분히 훌륭한 젊은 화가가 생각 없이 멋만 부리는 평론가의 한마디에 인생이 송두리째 흔들리고 무너지는 얘기다. 이건 요즘의 SNS 형태와도 비슷하다. 익명을 가장해 객관성도 생각도 없이 저격하는 글에 당하는 사람은 잠식당하고 질식한다. 말이란 이렇게 큰 무게를 가진다. 그토록 날카로운 칼이 되기도 하고 발이 둥실 떠오를 만큼 큰 용기를 주기도 하는 말. 우린 각자의 우주 속에서 이 삶을 살아가고 있고 함께하며 협력과 양보도 필요하지만 나의 중심을 굳이 밖으로 꺼내 휘둘릴 필요는 없다. 나에게 온 일들에 대해 잘 지나보내고 헤쳐 나가면 된다. 우린 모두가 다른 DNA로 다른 경험을 하고 다른 판단을 내리겠지. 틀린 것은 없다. 다를 뿐이다. 그러니 상처받지 말자. 늘 나에게 하는 말이다.

물 한 잔을 얻으러 갔다가 내 인스타그램을 보고 계신다는 승무원을 만났다. 잠깐 스치는 인연에도 호의와 배려는 상대를 기분 좋게 하고 즐겁게 한다. 스튜어디스가 되는 길은 딸이 궁금해하는 일이기도 하고 나역시 대학생 때 그런 꿈을 꿨었다. 전 세계를 비행하며 쉬는 날 낯선 거리에 머무는 꿈. 그런 이야기를 나누다 보니 정말로 많이 달라진 내가 느껴진다. 모르는 사람, 다른 분야의 사람을 어려워하던 내가 이제는 호기심이 먼저 생기고 맘이 편하게 열린다. 이 나이 돼서야 내가 비로소 더 확장되는 느낌이다. 나의 경계가 많이 옅어

진 걸지도 모르겠다. 어줍잖게 나 혼자 만들어간 나의

경계들에도 점점 안녕을 고해 본다.

경계심, 편견을 버리고

긴 유럽 여행으로 자신감도 채우고 나의 고루하고 지루했던 생각들도 많이 리프레시하고 왔다며 떠들고 다니고 사람들에게 여기저기 추천도 해줬건만, 실상 나는 조금씩 무기력해지고 있었다.

군대 다녀오면 한 달 효자였다가 다시 '이노무자식'이 된다는데, 나의 여행 효과도 한 달 남짓이었다. 다름아닌 갱년기 호르몬, 사춘기보다 무섭다는 오춘기 녀석 때문이었다. 해야 할 일이 산더미인데 멍하니 소파로 가서 드러눕기를 매일. 글을 써야 한다는 걸 알면서도 생각만 안달복달, 내 몸은 당최 말을 듣지 않았다. 하루가 먼지 가득한 회색빛으로 무거웠다. 워낙 가만있지 못하는 성격이던 나였는데 심지 끝까지 태운 초처럼 다 녹아내린 느낌이었다.

이렇게 하수구에 물 흘려보내듯 하루를 버리지 말고 뭐라도 하자! 마음먹은 찰나에 요가 하는 려경 선생님이 베트남 푸꾸옥 Phu Quoc의 '요가 리트릿'에 같이 가자는 제안을 했다. 요가를 좋아하는 사람들이 자연 속에서 요가를 주제로 모여 수련하고 명상하는 이 여행은 온전히 나와 마주하는 시간을 추구한다. 바쁘고 복잡했던 일상을 벗어나 자신을 돌아보고 휴식을 취하고 오는 여행이다.

예전 같았다면
출발 즈음 다른 일정이 생기면 어쩌지?
여름옷은 언제 꺼내 챙기지?

요가복은 또 왜 이리 다 낡았지.

또. 또. 또……

생각만 하다 못 갔을 텐데, 어떻게든 움직이면 활기가 생기지 않을까 하는 작은 희망에 당장 "갈게!!" 하고 마음을 정했다.

아, 출발부터 버라이어티했다. 이미 준비 끝내고 가려는데 데려다준다고 선심 쓰던 남편이 꾸물거리다 결국 늦었고 길은 말도 안 되게 막혔다. 약속 시간은 둘째 치고 과연 비행기를 탈 수 있을까 하는 지경. 운전할 때 옆에서 뭐라고 하는 걸 너무 싫어하는 걸 알기에 참아야 했다. 밀리던 구간이 끝나자 레이서처럼 달려 보란 듯이 출국장에 내려주려던 순간. 아~ 제2터미널이 아니고 제1공항 터미널이었던 거다. 이젠 진짜 화가 났다.

"지호야! 여기서 10분 걸려. 금방 가~. 안 늦게 해줄게!"

이제 진정한 카레이서가 된 남편. 평상시엔 들어오는 차 다 끼워주고 세월아 네월아 속이 터지게 '양반 운전'을 하던 그가 다른 모드를 장착하고 달리기 시작했다. 진짜 10분 만에 짐을 내려주는 남편을 '원망'과 고마움으로 꼭 안아주고는 출국장으로 뛰었다. 무슨 정신으로 다 통과했는지 출발 45분 전 면세점으로 들어왔다. 라운지부터 뛰어 들어가 라면, 볶음밥, 떡볶이, 샐러드까지 순식간에 털어 넣고(음식 부심은 여전히 일등!) 또다시 뛰고 또 뛰어 슬라이딩 탑승! 푸꾸옥에 무사히 도착했다.

짐을 찾는 곳에 도착해서야 리트릿을 온 분들을 만났다. 20대부터 60대까지 다양한 연령과 직업군의 20여 명 신청자가 모여 있었다. 유튜브 스타 려경샘과의 여행을 기대하며 전국 각지에서 신청한 거였다. 열대 지방의 후끈한 바람을 맞으며 인사를 나누는 사이, 아무렇지 않은 척하고 있었지만 속으로는 '아~ 이렇게 하나도 모르는 사람들이랑 어떻게 지내나?' 한숨이 나왔다.

버스에 올라타 한참을 달려 호텔에 도착했다. 방도 이쁘고 푹신한 침대 덕에 깊은 잠을 자고 일어나니 기분도 컨디션도 좋아졌다. 한가득 차려진 조식을 먹고 요가 룸으로 향했다. 명상부터 시작된 수련, 편안해지고 에너지가 가득해졌다. 먼저 다녀왔던 사람들이 그곳에서는 요가가 잘되더라 하던 이야기가 기억났다.

아이가 낯선 곳에서 엄마 치맛자락을 잡고 따라다니듯 첫날은 사람들과 눈도 잘 못 마주치고 선생님만 졸졸 따라다녔다. 하루가 지나고 이틀이 지나니 서로 배려하는 모습에 나도 슬며시 경계가 풀렸다. 특히 연세가 있는 어르신들이 젊은 친구들을 배려하고 고생을 감내하시는 모습에 난 숙연해졌다. 인생 경험에서 우러나는 연륜, 배려가 정말 보기 좋았다. 아, 이 나이에 웬 낯가림이람, 나도 젊은 친구들과 있을 때 저렇게 행동해야겠구나. 더 일찍 마음을 열고 다가가지 않았던 나의 소심하고 이기적인 모습이 부끄러웠다.

사람에 대한 경계심과 편견을 버리면 내 세상이 얼마나 풍성해지고 따뜻해지는지, 또 한 번 깨달았다. 자꾸 처지고 힘들고 무거워질 땐 역시 움직여야 달라진다는 것도.

※

근력이 나이를 가른다

50세가 되니 마음이 받아들이기 전에 몸에 먼저 변화가 온다. 탱탱했던 피부도, 운동하지 않아도 갖고 있던 탄력과 근력도 체력도 에너지도 활활 타던 불이 꺼지듯 점점 사그라든다. 이 과정은 예고도 없고 점진적이지도 않다. 계단에서 구르듯 한 번씩 크게 타격이 온다.

난 마흔에 허리가 완전히 이상해졌다. 마흔여섯엔 얼굴이 무너지고. 뭐랄까, 얼굴을 받치고 있던 무언가가 힘을 잃고 완전히 무너져 내리는 통에 아주 제대로 나이 먹은 느낌이 들었다. 그리고 쉰에 그나마 버티고 있던 근육들이 무너졌다. 근육이 찢어지고 무너지고 갱년기가 오니 호르몬 불균형으로 내 몸이 내 몸이 아니라 예측 불가능한 몸이 되었다.

이전에는 어렵지 않았던 '도전'들도 40대에 들어서는 많이 어려워졌다. 마흔이 되던 해 허리가 너무 아파 정형외과에 갔더니 MRI 결과지를 손에 든 의사 선생님은 나에게 이제 평생 약을 먹으며 지내야 한다고 했다. 운동도 좋지 않으니 조심만 하라고 했다. 차마 받아들일 수 없었던 나는 통증의학과를 찾아가 다시 상담을 받았다. 개방적인 사고를 지닌 의사 선생님을 만난 덕에 "통증이 완화되는 주사를 놔줄 테니 빠르게 일상으로 돌아가 근력을 키우는 운동을 하라."는 진단을 받았다. 충격과 좌절, 살짝 공포심까지 일었으나 점차 손실이 커지는 근력부터 채워 넣기로 했다. 당시는 파워 플레이트를 하던 때인데 진지하게 몸을 공부하고 체계적인 운동을 시작했다. 평생 습관으로 자리 잡아 허리에 부담을 주는 자세들도 고치기 시작했다.

"나는 이제 뭘 잘 못하겠어. 허리도 아프고."

갑작스레 마주한 노화 증상에 당황한 사람이 나만은 아니었다. 친구들을 만나면 어깨도 고장나고 목도 디스크고 허리도 디스크고 하며, 각자의 병명이 줄줄이 굴비처럼 엮어 나온다. 어제 만난 친구는 학창 시절에 달리기 대표 선수였다. 만나자마자 여기가 아프다, 저기가 아프다 해대는 게 아주 종합 병원이다. "넌 우리 학교에서 운동을 제일 잘하던 애인데 도대체 왜 운동을 안 하는지 모르겠다."고 했더니 그래도 걷기는 한단다.

불편한 진실은, 걷는 것만으로는 이제 부족하다는 거다. 힘들지 않은 범위 내에서 아주 조금 움직이는 걸로는 근력이 쌓이지 않는다. 해봐서 안다. 조금 걷고 스트레칭 조금 하고 있는 걸로 나는 그래도 운동을 한다고 스스로 위로를 하는데, 말 그대로 위로일 뿐 시간이 갈수록 근력 거지가 된다. 근력을 가지고 있는 사람과 안 가진 사람의 차이가 말도 못하게 나기 시작하는 거다. 내 주변에는 운동을 아예 안 하는 사람과 원래 운동을 잘하는데 초인이 되고 싶어서 더 열심히 하는 부류가 골고루 있다. 보니까 알겠다. 진짜 에너지가 다르다. 지금도 그런데 60대, 70대, 80대에 이르면 완전히 다른 인류가 될지도 모를 일.

나이가 들수록 죽을 때까지 놓치면 안 되는 게 근력 운동이다. 옛날에는 제발 좀 없어졌으면 싶던 엉덩이, 종아리, 하체 근육을 특히 놓치면 안 된다. 나이 들면 거꾸로 근육이 건강의 상징이다. 하체 부자, 거기에 상체 근육까지 있으면 재벌이다.

그렇다고 곧바로 고강도 훈련을 시작해서는 안 된다. 시니어들은 운동도 내 몸을 잘 살피면서 해야 한다. 남들이 하는 운동을 무작정 따라 하는 게 아니라 내 몸에 대한 공부를 하면서 나에게 필요한 운동을 상담하고 시작했으면 좋겠다. 진짜 멋있게 건강하게 놀고 싶으면 운동을 배워야 한다. 투자를 해야 한다. 그래서 나는 친구들을 만날 때마다 나중에 병원 가서 쓸 돈으로 제발 운동을 배우라고 사정을 한다. 배우고 나서 이 운동이 어떤 메커니즘인지 파악하고 나면 그다음에 집에서 혼자 해도 된다고, 프로 운동선수들도 코치를 옆에 두고 하는데 혼자서 잘할 수 있다고 생각하지 않았으면 좋겠다고.

  돈이 들지만, 이 투자는 절대로 비싼 게 아니다. 나중에 병원비로 내야 하는 돈이나 혼자 움직일 수 없어서 닥치는 불편함과 괴로움에 비하면 매우 저렴한 노후 대비책이다. 내 몸에 무리가 가지 않게 욕심부리지 말고 천천히 꾸준히 배워서, 에너지가 제대로 순환하는 좋은 몸을 만드는 것이 노년을 준비하는 시니어 운동이다.

✳
욕심을 누르고 속도를 늦추고

몸을 뒤로 젖혀 팔이 바닥에 닿는 '드롭백'. 그 상태로 상체를 다시 위로 올리는 '컴업'을 합쳐 '드롭백-컴업'이라고 한다. 드롭백-컴업을 108번 하고 싶다. 아무도 시키지 않지만 어느새 나의 위시 리스트 중의 하나가 된 요가 동작이다. 드롭백-컴업을 108번 하게 되면 요가의 신이 나를 보호해 줄 것 같다.

몸을 뒤로 젖혀본 사람은 알 것이다. 아무도 받쳐주지 않는 상태에서 팔을 뻗어 땅으로 몸을 기울인다는 건 내 복압과 허벅지 힘이 얼마나 센지와 별개로, 나를 믿지 못하는 내 자신과 싸우는 일이라는 걸. 그래서 이 동작은 몸의 준비뿐 아니라 마음의 준비도 함께 갖춰야 성공할 수 있다. 물구나무서기를 해냈을 때만큼 기뻤던 드롭백-컴업 성공 이후, 수련을 하다가도 힘이 조금 달리는 것 같으면 나도 모르게 그만두고 말았다.

다른 일에선 지레 포기하는 경우가 많은데 '운동 부심'이 있는 나는 운동할 때는 꼭 잘하고 싶어 욕심을 낸다. 하지만 이제 나이도 있다 보니 생각처럼 달릴 수만은 없다. 비가 오거나 몸이 무겁게 내려앉는 날. 어떤 때는 수련이 잘되고 어떤 날은 굳고 무거운 몸이 도무지 안 풀리기도 한다. 몸을 살살 달래며 하고 싶은 동작에 천천히 접근해 보지만 통증이 심해 결국 포기하는 날도 잦다. 나이 탓에 근육의 탄성에 무리가 올까 걱정도 된다.

'10년만 더 젊었으면 더 적극적으로 해보겠는데!'

다칠까 두렵고 조심스럽다. 조금 더 버텨야 한계를 넘어서는데 점점 타협하는 것 같아 속상하다. 부상이나 다른 스케줄 때문에 요가를 못 할 때면 수련을 하고파서 꿈에서도 요가를 할 정도면서도 현실에서는 최선을 다하지 못하는 것 같아서 아쉬운 거다.

하지만 차오르는 욕심을 누르고 기본으로 돌아가려고 한다. 드롭백-컴업을 열 번만 하고 물러서는 날도 괜찮다고 다독인다. 대신 약해지는 근력의 강화 운동을 더 신경 써서 해본다. 최고의 상태에서만 머무를 수 없으니 현재에 최선을 다하자고 만족을 구해 본다.

최근 서너 달은 다치고 아프고 들쑥날쑥 엉망이었지만 나의 마음만큼은 아픔을 계기로 더 성숙해진 것 같다. 나이 들어가는 나를 받아들이게 되었고, 더 차분히 객관적으로 바라보게 되었다. 몸의 노화도 조금씩 인정하고 너무 애쓰지 않기로 했다. 포기가 아니라 서두

름 없는 속도로 맞춰가는 중이다. 나의 뇌 상태도 몸의 움직임도 예전처럼 빠릿하지 못하고 느려졌다는 걸 안다. 모든 것의 속도를 좀 늦추는 중이다. 이대로 좋다.

'달라짐'을 받아들인다

책을 준비하며 글을 쓴 지 1년이 넘었다. 요즘은 10년이 지나면 강산이 변하는 게 아니라 사계절이 지나기도 전에 세상이 변한다는데 그동안 내 생각은 어떻게 변했을까? 다시 읽어보며 뒤돌아본다. 불변의 신념이라고 생각했던 일들도 사계절이 바뀌고 나이를 한 살 먹으며, 세월의 풍파를 맞으며 변하기도 한다.

글을 쓰며 차분히 생각을 하게 되었다. 나에 대해 다 아는 것 같지만 이렇게 열심히 들여다본 적은 없었던 것 같다. 요가를, 요가 하는 나를 돌아보며 집요하게 캐물어 보았다. 어떤 답을 얻었다기보다는 왠지 조금 후련한 기분이다.

　책을 내겠다고 덤비던 지난해 초까지만 해도 에너지가 넘쳐서 하고 싶은 것도 많고 의욕도 강했던 것 같은데, 갱년기 호르몬의 직격탄을 맞고 보니 좋아하던 것도, 하고픈 것도 마치 전생의 일처럼 가물가물하다. 중간중간 불씨를 살려보겠다며 다양한 변화를 시도했지만 1년 더 나이 먹은 나는 겁도 더 늘고 에너지도 많이 차분해졌다. 이것도 아마 자연의 섭리겠지? 몸의 기능은 떨어지고 있는데 마음만 의욕에 넘쳐봐야 감당도 못 할 테니. 그렇게 나는 '달라짐'을 받아들이고 있다.

　요가를 위한 강화 운동을 열심히 했더니 이전에는 힘들었던 몇몇 아사나 동작을 거뜬히 해낸다. 반대로 거의 매일 땀 흘리던 '혼 수련', '홈 수련' 시간이 사라지자 잘 해냈던 아사나들은 너무 쉽게 내 곁을 떠났다. 그렇게도 '간헐적 단식'이 좋다고 외치며 오전 수련 전에는 공복을 유지하던 습관도 달라졌다. 요즘은 따로 밥을 먹던 남편과 딸과 아침 식사를 같이 하게 됐다. 안 먹을 땐 배가 안 고팠는데 이제는 오잉! 아침에도 배가 고프다.

요가 수련을 중심에 두고 몰입하며 살아오다가 지금은 수련 시간도 조금 줄이고 매일이 아니라 한 주에 3~4회 정도만 한다. 그마저도 몸이 힘들다 싶으면 무리하지 않고 쉰다. 요가에 바치던 시간이 줄어드니 친구도 만나고 약속도 부담 없이 잡게 되었다. 그 덕분에 사람들과 관계 속에서의 즐거움도 많이 생긴 것 같다. 수련을 하지 못한 날은 '해야지, 매트 위에 서야지.' 하는 목소리가 날 괴롭혔지만 이젠 요가와 생활에서의 균형을 다른 식으로 잡아가고 있다. 이러다 또 한 달 후 '매일 수련하는 요가적인 삶이 정답이었어!' 그럴 수도

있지만. 이렇게 계속 변하고 있고 성장도 하고 또 내려
놓아야 할 것, 잃어가는 것도 받아들인다.

　그 안에서 이런저런 방법으로 중심을 잡으며 살고 있
으니 됐다. 얻으면 잃고 잃으면 얻는 게 자연의 섭리니
까. 다 쥐고 있으면 새로운 걸 쥘 수 없으니, 내가 진짜
추구하는 것들만 남기고 나머지는 내려놓는 연습을 한
다. 그렇게 날 다독이며 응원하며 살다가 달라지는 나
를 고요히 만나고 받아들인다.

삶을 있는 힘껏 받아들여 봐야겠다고 한껏 충만하던 어느 봄날, 몽스북 안지선 대표에게서 전화가 왔다. 나의 인스타그램을 보고 책을 내면 어떨까 생각했다는 거다. 그즈음 나는 꾸준한 요가와 명상 덕분에 마음이 차분하고 굉장히 편안해진 상태였다. 그리고 나의 중심 어딘가에선 잠자고 있던 용암이 보글보글 끓어오를 기미를 보이고 있었다. 연기든 일이든 무엇이든 시작하고 싶어 마음이 간질거리고 주변을 두리번거리던 찰나였거든.

제의를 받던 그 순간이 지금도 생생하다. 두 마음이 교차했다.

"해봐! 이 일도 이유가 있어서 너에게 왔을 거야. '상'을 앞세우지 말고 받아들이면 주변이 너를 도와 잘 지나가게 해줄 거야. 두려워하지 말고, 잘하려고 욕심부리지 말고, 그냥 해봐~."

"네가 뭐라고 네 얘기를 책으로까지 내. 아서라~, 해봐야 욕이나 먹지. 넌 그 안에 갇혀 또 힘들어할걸?"

그러나 그때의 나는 전자의 마음이 더 가득했기에 두렵지만 해보겠다고 선뜻 받아들였다. 이후 온통 '김 작가' 모드로 전환하여 집 안 분위기를 글쓰기 좋게 바꾸고, 가족들에게 매번 "나 글 써야 해~" 하며 드라마에서 작가 역을 맡은 사람처럼 신나서 책상 앞에 앉았다. 요가를 시작하던 첫 순간부터 기억해 내며 고민해 가며 글을 쓰기 시작했다. 남편은 "김 작가님, 오늘 글 쓰시는데 방해되지 않게 나가 있겠습니다." 하며 응원해 주었다. 그렇게 농담하고 웃으며 즐겁게, 가볍게 시작을 했다.

당연한 수순일까. 시간이 지나자 불같은 열정은 식기 시작하고 써야 할 얘기는 고갈되는 듯했다. 무엇보다 갱년기 호르몬의 활동으로 의욕이 사라지고 감정이 요동치기 시작하자 두려움이 또 찾아왔다. 내가 쓴 글들에 내가 묶여 이대로만 살아야 하고, 사람들이 이렇게만 나를 보면 나는 또 꼼짝하지 못하고 글 속에 갇혀 이렇게 살아야 하나? 사람은 변하는데, 생각도 변하고……. 이런 생각이 들자 '아, 그만 써야겠다, 포기하자.'는 마음에 다다랐다.

밤잠을 설쳐 눈은 퀭한 상태로 오전 내내 고민하다가 안 대표에게 연락을 했다. 원고를 일부 보냈던 터라 안 대표는 원고 잘 봤다며 재밌다고 좋은 얘기를 해주려고 했다는데, 나는 너무나 '진지 모드'로 일어나지도 않은 일을 한가득 짊어지고 걱정을 했다. 그녀는 웃으면서 굉장히 차분하게 나를 안심시키고 응원해 주었다.

그 후로도 고비는 여러 번 있었다. 요가 초창기 시절

의 기억을 더듬어봐도 희미하기만 했고, 좋았던 건 분명한데 글로 쓰려니 디테일한 표현들에서 생각이 멈추는 것 같았다. '아~ 이 상태로 계속 쓸 수 있을까, 왜 그 시절의 느낌을 좀 더 자세히 기록해 두지 않았을까.' 후회하고 좌절할 때마다 작은 조각들이 나를 일으켜 세워주었다.

그렇게 여러 번의 괴로운 고비를 넘긴 후 안 대표로부터 "이 정도면 충분해요. 더 끌지 말고 4월에 책을 내는 걸로 하죠." 하는 반가운 연락이 왔다. 우아! 마감의 효과라는 게 이런 건가. 시간을 많이 줄 때는 안 써지던 글들이 마감이 코앞이라니 하루 새벽에 세 편, 네 편 굴비 엮듯이 줄줄이 끌려 나왔다. 초고에 이어 2고, 3고까지 원고를 수정하며 글을 더 자세히 들여다보니 '내가 이런 생각들을 했었구나.' 하며, 점점 성장하고 있고 성숙해져 가는 나를 마주하니 감회도 새로웠다.

그러면서 나의 조그만 뇌가 내 삶을 함부로 예단하지 않고 자연스럽게 흐름대로 받아들이니 될 것 같지 않던 일이 모두의 도움으로 이렇게 완성되었다.

　이번 책을 통해서 나는 또 배웠다. 어제보다 조금 나아진 것 같고, 조금 더 자신 있게 내게로 오는 일들을 받아들일 수 있게 되었다. 일이란 뭐든 혼자서 해내는 게 아니라 함께 해나가는 거라는 것도. 내가 끝까지 해낼 수 있게 도움을 준 몽스북 안지선 대표와 박혜숙 에디터, 교정, 디자인 등 책을 만들기 위해 각자의 자리에서 애써주신 모든 분께 진심으로 감사드린다.

　내 생애에 잊지 못할 또 하나의 페이지를 써냈다. 반짝반짝 빛날!

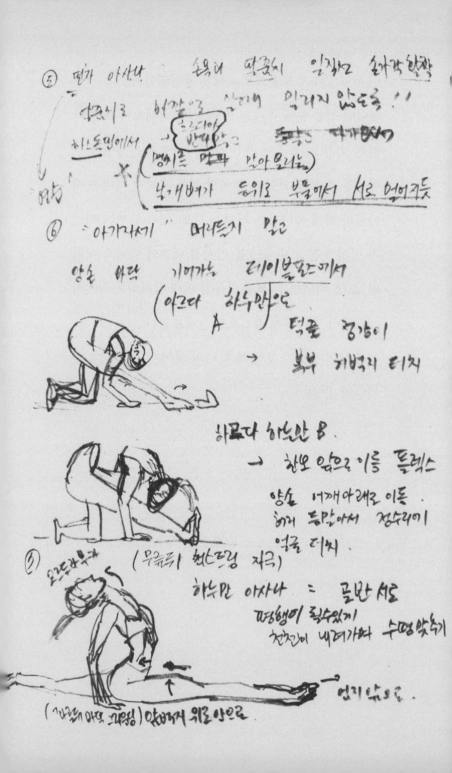

⑤ 펴자 아사나   손목과 팔꿈치 일직선 손가락 활짝

   팔꿈치로 어깨로 살려서 일그러지 않도록 !!

   하노동민에서 ~글~디아 반짝~ 동작은 따라 ~~

   *   (명치를 막파 말아 올리는)

      날개뼈가 등위로 부풀어서 서로 엇어지듯

⑥ " 아가자세 " 머리들지 말고

   양손 바닥 기어가능 테이블모스끼서
   (어크더 하누만으로
                       A
                           덕을 정강이
                        → 복부 허벅지 터치

                  히뭉다 하느만 B.
                    → 한오 앞으로 이등 플렉스

                    양손 어깨아래로 이동 .
                    하거 등만아서 정수리이
                    어굴 더치

③ 오그두라보과 (무릎뒤 햄스트링 자극)

   하누만 아사나 = 골반 서로
      평행이 될수있게
      천천히 내려가다 수평맞추기

                                    엉기 낮으로 .

(고그된 아딱 고영상) 앙배져 위로 안으로 .

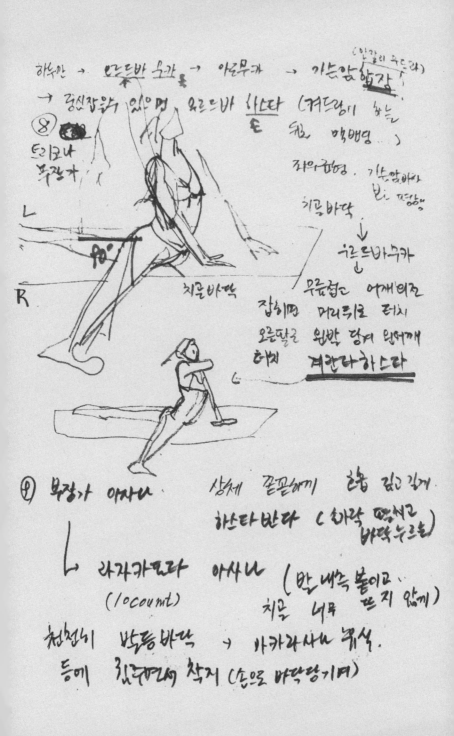

하복근 → 오른발 오과를 → 아랫구가 → 가는암 합장 (안걸리 우드라)
→ 동신잡아 있으면, 오르바 뺀다 (겨드랑이 하늘
ⓧ 토리코나 둥 원 맥맥딩...)
무장가
좌우균형. 가슴앞바
비 평행엉
치곡바닥
↓
⌐ 오른드바즉카
무릎접고 어깨의존
잡히며 머리뒤로 터치
오른팔굴 왼팔 당겨 왼어깨
하게 려간다하스타

90°

ⓨ 무장가 아사나   상세 꼼꼼하게 흐흡 깊고 길게
하스타반다 (회락 떨써고
바닥누르코)

↳ 라자카교라 아사나 (반 내측 붙이고
(10COUNT)   치곡 너무 뜨지 않게)

천천히 반등바닥 → 바카라사나 복식.
등에 짐두면서 착지 (손으로 바닥당기며)

마음이 요동칠 때,
기꺼이 나는 혼자가 된다

초판 1쇄 발행 2025년 4월 7일
초판 2쇄 발행 2025년 4월 14일

지은이 김지호
펴낸이 안지선

편집 박혜숙
디자인 다미엘
교정 신정진
마케팅 타인의취향 김경민·김나영·윤여준
경영지원 강미연

펴낸곳 (주)몽스북
출판등록 2018년 10월 22일 제2018-000212호
주소 서울시 강남구 학동로4길15 724
이메일 monsbook33@gmail.com

ISBN 979-11-91401-91-2 03810

mons
(주)몽스북은 생활 철학, 미식, 환경, 디자인, 리빙 등 일상의 의미와
라이프스타일의 가치를 담은 창작물을 소개합니다.